本書並未虛構，如有雷同，不是巧合！

# 請勿對號入座

苦苓 著

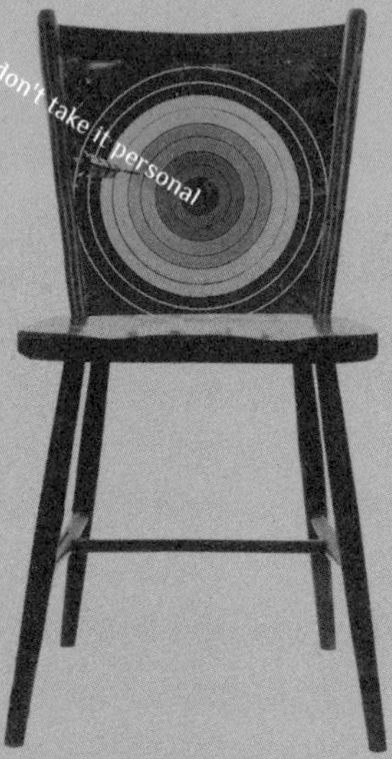

代序

# 兩顆子彈的真相及其他

「你知道兩顆子彈的案子是誰幹的嗎？」

我的一位剛從情治單位退休的朋友，前幾天閒聊時忽然這麼問我。

我當然和全臺灣每一個人的反應相同，急忙問：「誰？」

「C、I、A！」

這個答案一點都不有趣，我搖搖頭，他卻出乎意外的認真。

「真的！你想想看，這件事情不管怎樣造假，一定會有好幾個人牽涉其中，也就是一定有知情的證人，那為什麼組了一堆調查團、查了那麼久，卻怎麼查都查不出來，鴨蛋再密也有縫，能幹到這樣天衣無縫的，除了CIA沒有別人做得到。」

「也是啦，」我點了點頭，「而且以CIA的前科累累，他們確實圖謀、甚至也真正做到推翻過一些不聽話的政府，但他們有什麼必要幫助老是找麻煩的阿扁呢？」

「因為連宋如果當選，臺灣一定會一面倒的傾向中共，那更是美國所不樂見的，還不如阿扁當選，反正他自己也承認了：臺獨不可能。比較起來，還比連宋容易掌控得多呢！」

「嗯……」我托腮故作沉思狀，「那也太沒創意了，對候選人假開槍這一招，在日本漫畫《聖堂教父》裡就有了，以前也有臺灣的立委用過，最後被揭穿了，還不是落選？」

「所以要真的開槍打人呀！」老友越說越認真了，「為什麼有防彈的總統專車不用，故意去找一輛普通吉普車來？而且我自己真的被子彈打過，那種痛絕對是沒被打過的人裝不出來、也忍不住的，像阿扁那樣摀著肚子、還隔著夾克擦面速立達母，不要說我們情治單位的，全國所有的軍警都會跟你說是笑話。」

「那……那可是還有一顆子彈呢？」我有點動搖了。

「因為阿扁那顆是安排從側面來，這樣才能只打到鮪魚肚造成輕傷，可是沒有正面來的子彈就太假了，所以補一顆打到吉普車的擋風玻璃上，沒想到卻意外打中了秀蓮姐的膝蓋，像她的反應就真實多了！」

「瞎咪？」我忍不住大叫，「原來秀蓮姐完全不知情，難怪她說自己為臺灣人擋子彈，而且怎麼樣都不相信官方的調查報告，到現在還忿忿不平呢。」

「是啊，打她是毫無必要的，完全是個小小的失誤，但也增加了兩顆子彈的可靠性，當『喇叭』①帶著詭異的微笑說子彈還在總統體內時，ＣＩＡ就知道任務成功了！」

「這……這樣恐怕還不足以說服大家。」我還在負隅頑抗，不願接受這個最新的「真相」。

「直接證據是沒有，但間接證據很多啊，開票後連宋不是發動大遊行、不承認選舉結果嗎？以美國對一般小國的態度，如果選舉涉及重大舞弊，他們是不會承認投票結果的，這也有很多先例可循，但是對臺灣呢？」

「對！要不是美國承認阿扁當選，連宋應該還會鬧下去很久，而且還叫那個夏馨故意透露出來，根本就是一副『大哥說了算，小弟弟們別再鬧了』的嘴臉。」我附和著。

「而且不是看大家還不服氣，就把那個鑑識大專家請回來，又是紅外線又是測量儀什麼的，用所謂的科學證據讓大家無話可說嗎？請問這位李先生是代表誰的？」

「代表美國政府！」我不假思索的回應，「難怪……記得陳文成案嗎？那時美國政府派人來看，當時的新聞局長宋楚瑜還義正辭嚴的說主權不容侵犯，怎麼這次美國人來替我們做司法鑑識，大家卻都不在乎被侵犯了？」

「這就是要叫各方面都閉嘴啊！最後弄出一個陳ＸＸ來說是他幹的，主要證據卻又不翼而飛，主要當事人卻又莫名其妙的死亡……這種劇本大家連在好萊塢電影都看慣了，但不得不向現實低頭，畢竟是老大的意思啊。」

我其實已經被說服了，但仍心有未甘，「那ＣＩＡ到底是怎麼假造阿扁的傷口和整個槍擊案的？你講清楚啊。」

「不用我講清楚，」他臨走拋下最後一句話，「反正過幾天的維基解密就出來了，你不想知道也不行。」

①邱義仁的綽號，時任總統府祕書長。

*

各位讀者，你相信以上所寫的種種嗎？是真相嗎？是流言嗎？是真實事件呢？還是虛構小說？……其實在這個時代，幾乎人人都「穿梭」在真實世界和虛擬時空之間，又不斷地接觸大量的、大多無法求證的訊息。真和假，早就沒有那麼明確的界線，更早就難以分辨了。

就以這本書的四十篇「三十年目睹之怪現象」來說，即使你覺得再離譜、離奇、離經叛道，大概也都難以懷疑它不是真的，甚至很多人還可以指名道姓出來，當然也有些和真人實事又有若干差距。「假做真時真亦假」，《紅樓夢》裡不是早說了嗎？而我們每天吃的飲料、食油、食品、藥品，不也一直都是真假難辨，我們卻也好端端的活著？

小說應該是虛構的，但在這個越來越奇怪的世界上，真實往往比小說更荒謬、更可笑、更不可置信，所以，我也不用耗盡心力的寫小說，我只要如實報導就行了。

信不信，自然由你，只是千千萬萬，「請勿對號入座」。

# 目錄

# 01

# 在解嚴以前

口述者：許先生，60歲，前黨外人士

你們知道什麼叫黨外人士嗎？不，不是藍綠之外的、像柯P那樣的傢伙，而是民進黨還沒有成立之前、那些反國民黨的就被叫作「黨外人士」。

既然還沒有組成政黨，要如何宣揚自己的理念呢？靠的就是私下的小型聚會以及辦政論雜誌了，如果你問家裡的老人，也許還聽過什麼《八十年代》、《美麗島》、《前進》、《自由時代》這些雜誌，裡面都是罵國民黨的，反對黨禁、報禁、萬年國會，爭取言論自由、國會全面改選、總統直選……

那時還是戒嚴時代，基本上這些雜誌都是出一本就被查禁一本，但再怎麼禁還是有辦法流通一部分到市面上，就像李敖大師寫的書一樣，越禁大家越愛看，而一些內幕消息如蔣氏父子翻臉成仇、二二八大屠殺、綠島政治犯黑幕……大家也都是從這裡才略知一二，才半信半疑，最後就深信不疑了。

如果不是黨外雜誌這樣長期的鼓吹，人們怎麼可能支持一個不知哪裡冒出來的「民主進步黨」，後來國民黨政府一連串的解除黨禁、報禁和戒嚴，直選國會和總統，又怎麼可能水到渠成的被人民接受？黨外雜誌長期的宣傳居功厥偉，我則與有榮焉。

那時我在國營事業上班，捧的可是鐵飯碗，但實在看不慣執政者的無法無天，也認同兩黨政治的民主理念，所以就偷偷的投稿給這些黨外雜誌，沒想到我的嬉笑怒罵很受歡迎，後來就成了每期（每週）非登不可的專欄。

但我怕樹大招風，被主管發現了鐵定飯碗不保，卻又捨不得這個揚名（雖然是用假名）立萬的機會，就和雜誌那邊密商許久，籌謀出了現在想來真是不可思議的交稿方式。

每個禮拜一的截稿日，我要在下午五點半帶著寫好的稿子，來到臺中的金馬戲院（專演二輪片或是準A片，在聯美戲院的地下層），它有兩個廳，單週在A廳，雙週在B廳，有時還會對調以免太「固定」而被察覺，我進入戲院之後找左邊最後面的位置，如有人就換到右邊最後面的位子，如再有人就換到最後面左二的位子……以此類推。

不過戲院很小，通常人煙稀少，而且我一進來後就緊盯著入口，如果有人跟蹤馬上會被我發覺。一旦發現來人有異，我就不動聲色立刻離開，寧可缺稿一期，不可貿然犧牲。

好在我從來沒被跟蹤過，跟著我進來的通常是我的聯絡人，他的手上會拿著第一百期的《時報周刊》，在我身邊坐下後，大約等三分鐘，他會問：「電影好看嗎？」

我則回答：「我想吃西瓜。」

答非所問，但互相確認了身分，我把密封好的稿子交給他，他大概再看電影（其實主要在看有沒有可疑的人進來）五分鐘，就先行離去，兩人並不交談，只在他臨走時塞給我一張紙條，上面寫著一項食物的名稱（例如香蕉），那麼下週交稿時來人若問：「電影好看嗎？」

我就要回答：「我想吃香蕉。」

聯絡暗語也每週變換，以免被人識破而來冒充，我們真是小心翼翼，我還要把這張紙條撕到最碎最小，然後吃……沒那麼誇張啦，然後到戲院的廁所裡丟進馬桶沖掉。

這一切都在黑暗中進行，據說是為了讓我和傳信人互相看不清長相，萬一有人被捕也無法供出另外一人，這些黨外人士真是設想周到。通常我完成任務後，背部早已濕透，也無心觀賞正在上演的電影——除非剛好演的是準A片。

踏出戲院時天多半已經黑了，我心裡懷著為臺灣民主小小貢獻的熱情，腳步輕快的回到家裡，就說下班後偷閒去看了一部電影，不論妻兒、好友、同事，都不會有人懷疑。

直到半年後我接到一通電話，對方直接叫我在黨外雜誌用的假名，我一愣之下還想裝傻，他卻冷笑一聲掛了電話，我忽然覺得全身發冷，心想「鴨蛋再密也有縫」，這下我完蛋了，接下來應該就是一連串的逮捕、審訊、刑求、監禁……

第二天，蔣經國宣布解除戒嚴，令我如獲大赦，感動流淚，真的。

02

# 大師發功

口述者：李警員，54 歲

第一次看見大師，是在他的紀念館現場。

因為是違建被舉報拆除，我們這一隊保警被派到現場維持秩序，太陽又大又毒，大家恨不得早點回家，大師的信徒們卻十分激動，大呼小叫的抗議，還一直指著太陽說：「光圈！光圈！這就是大師顯靈的光圈，你們沒看到嗎？」

我一邊擦汗，一邊在心裡暗譙：「不管什麼人眼睛這樣一直瞪著大太陽，不看到很多個光圈才怪呢！」

紀念館終於順利拆除，大師也以詐欺罪被起訴了，因為事情鬧得很大，上面就派了侯老大親自來審訊。他很客氣，笑笑的問大師為什麼到處自稱有法力，吸引信徒捐獻了那麼多錢之後，現在又被踢爆他那些什麼分身、顯像都是造假的，這樣子好像是詐欺取財沒錯哦。

「我真的有法力！」大師的前額已經禿了，汗珠在上面一顆顆凝結，但表情嚴肅認真。

「好吧，那現在這裡有四個警察，」侯老大指著現場的我和三位同事，「你發功讓他們坐下，我就放你走。」

我差點笑了出來，大師卻認真的閉上兩眼，兩手交纏在一起，可能是什麼大手印之類的吧，嘴裡還喃喃有詞，唸的不知是咒還是經，甚至連全身都顫抖起來……看來果真是在「發功」沒錯，一直發到頭上大汗淋漓、青筋暴露，我們四個警察當然都還是好端端的站著，只是強忍著不笑出來。

「不行！」大師用力搖頭，「他們穿的是制服，不能作法。」

侯老大果然是高手，聽到這種理由也沒有「呸」的一聲，只說：「好，你們四個下去，叫外面那幾個便衣的進來，對對，隨便，找四個來。」

於是小小的審訊室裡改站了四個便衣刑警，我們四個制服警察奉命退場，但都捨不得走，擠在兩面鏡（就是你在電影裡常看到的，一面玻璃一面鏡子，審犯人專用的設備，真的有哦！）前等著看好戲。

大師看看兩手環胸而立的四個大漢，眼神更加堅定了，接著就閉上兩眼，兩手交纏打印，嘴裡猛唸咒語，身體不只是顫抖，簡直可以算是痙攣了……彷彿注入了畢生功力，汗水整個濕透了他的白襯衫，圓圓的白臉上發著光芒——不是顯靈，是因為臉上太多汗水了，審訊室裡的燈光又很強。總之，那四位便衣刑警當然還是一動也不動的站著，他們個個面無表情，果然比我們這些忍不住偷笑的制服警察「程度」要高一點。

「我……不行了。」大師的頭無力的歪向一邊，大口喘氣。

侯老大看看筋疲力竭的大師，再看看他們四位，輕喝一聲：「坐下！」剎那之間，四個大漢倏地坐到了身後的椅子之上，甚至沒有發出一點聲音，連空氣中，都帶著一些肅殺之氣。

我們真好奇這位發功屢屢失敗的大師，這回還有什麼藉口好說，也打心底佩服侯老大，根本不必多費唇舌，一句話就堵住了對方的三寸不爛之舌：「好啊！你說你真有法力，你不是詐欺，那就發功來看看啊，也沒要你分身、也沒叫你顯相，只不過讓四個人坐下而已，這你都做不到，不就承認自己是騙子、不就俯首認罪、不就可以直接移送法辦了嗎？」（以上是我這個小警察自己心中的OS，侯老大還是一貫酷酷的不說話，看著對方。）

「我承認，」大師低下頭去，像一副洩了氣的皮球，我們在外面的幾個暗中叫好，裡面的幾位也隱隱露出微笑，沒想到這麼快就能讓大師認罪，這場「世紀審訊」實在太有創意、太有效率了！但接下來卻是大師抬起頭來，露出一臉的佩服，「我承認，你的法力比我高。」

我們差一點全部摔倒！他居然不是承認自己沒法力，而是法力沒有別人高。侯老大站了起來，摸摸鼻子，一言不發的走了，留下室內、室外，面面相覷的我們八個「被發功過」的人。

官司纏訟多年，大師先是交保，最終無罪定讞，信徒們在法院門口簇擁著他熱烈歡呼，一列長長的、全部是BMW七字頭的豪華房車依序開來，載走始終身受愛戴的大師，以及獲得最終勝利的信眾……我剛好來辦點事，目睹了現場盛況，也正好聽見旁邊有人說：「厲害呀！他從頭到尾就是一口咬定自己有法力，而且又有那麼多人相信，既然檢察官沒辦法證明他沒有法力，法院又怎麼能定他的詐欺罪呢？」

03

# 彪哥是好人

口述者：許家阿婆，67 歲

我們彪哥，真的是一個好人。

也不知道那些名嘴，為什麼一天到晚在電視上說他是黑道，他黑到誰了？我問親戚朋友厝邊隔壁，沒有人被他欺負過啊，就算他是黑道，關我們什麼事？

我只知道他人很好，附近新開一個眼鏡行，老闆是北部搬來的，也不認識他，他就直接送一個匾過去，人家好高興！像我們這些老住民更不用說，小孩想進什麼學校進不去的，公務員想換職位、調地方的，有違建被縣政府說要拆的……只要託里長去跟彪哥說一聲，沒有辦不好的，啊民意代表不就是要這樣服務人民的？哪像有些人，選舉前到處拜託，選完連個人影都看不到。

所以彪哥在選舉，從來不掛布條貼海報開宣傳車，最多就是透過老人會招待我們去玩、坐遊覽車到處逛一逛，看風景買東西，還發一個便當，也沒有叫我們投票給他（聽我們鄰居說那叫「期約賄選」，他不用跟我們約）。要不然就是辦流水席，很澎湃哦，不是米粉隨便炒一炒那種，有龍蝦有鮑魚隨便你吃，連我這個老阿婆一年都會被他請到兩、三次，像這麼慷慨、這麼夠意思的人，大家怎麼會不投票給他？

所以我們里長在彪哥面前走路也有風，像上上次選舉我們這里說要開八百票出來，就真的開了八百票出來，一票也不少，大家都很有信用的啦！平常讓彪哥那麼照顧，選舉前又家家戶戶發「走路工」，除了少數不同派的，怎麼可能不投給他？

上次選舉，有一個彪哥支持要選副議長的，投票前聽說票不夠，還差七百多票，彪哥就叫我們里長，把我們這個里的八百票都撥給他，結果開出來，剛剛好那個人就上了，多準呀！彪哥自己的票當然還夠當選，他如果不是那麼有義氣撥來撥去，每次得的票恐怕要選上三個議員都有剩喔。

我其實沒見過他本人，但是我孫子有，我孫子也是可憐，媽媽跑掉了，爸爸在臺北做工地，只好在鄉下跟著我這個老阿婆。有一次他說去同學家玩，大家在一起打電動，就有一個剃平頭、臉圓圓的「阿伯」走過來，嘴裡還嚼著檳榔跟他們說：「小朋友，有沒有做功課？」然後搖搖擺擺的走了，後來才知道他那個同學就是彪哥的孫子。

「那他看起來……有沒有很兇、很可怕？」我問。

「才沒有，超親切的，一點都不像什麼黑道的壞人！」

我這個憨孫很愛玩，根本不是讀書的料，我老阿婆沒讀什麼書也沒辦法教他，他勉強讀到國二就讀不下去了，變成那個什麼？……中輟生，對啦，每天晃來晃去，沒事幹。

本來想叫他去學「八家將」算了，沒想到不久後他卻說在跟彪哥。

「你跟他在做什麼？那麼細漢，也不能當保鑣，不會讀書，更不可能做祕書。」

我老阿婆腦筋還是很清楚的，孫子不敢騙我，說是跟彪哥底下一個叫「阿良」的，也沒什麼事幹，整天吃吃喝喝，有時候哪裡跟人家對嗆需要人就去充人場，有時候臨時去什麼店做圍事，也有時穿上黑衣服去參加黑道老大的喪禮……每次都有五百一千的可以拿，也不用動刀動槍的，算起來也是一個不錯的「頭路」啦！

後來聽說好像是水利會長的選舉，兩邊搶得很兇，彪哥出來「喬」一個退出，沒想到那個人怎樣都不肯退，過了幾天在自己家門被人家「砰砰」兩槍打死了，這下也不用選、更不用喬了。

我不知道是不是彪哥幹的，警察查了幾天沒結果，反而是我孫子去自首，他跟的那個阿良有來跟我說，我孫子未成年又是自首，不會判很重，最多十年，說不定關個三五年就出來了，他們會吩咐好，他在監獄裡不會吃苦、更不會被欺負，叫我放心，在他關出來以前，每個月十萬塊的安家費他會親自送來……

當我看見他從身上拿出一個裝滿千元大鈔的信封時，眼淚忍不住流了下來，這個憨孫我養了十幾年、操了多少心、替我惹了多少麻煩，從來沒有想到有一天他會用這個方法「報答」我，我兒子不用再辛苦寄錢回來，我這個破破爛爛的房子可以整修了，我還可以買一臺新電視、打一條金項鍊……不管怎麼說，我的苦日子算是過完了。

你說你說，我們彪哥是不是真正的好人？

04

# 大師的功力

口述者：鍾小姐，32 歲，私人祕書

大師的文采真的沒話說，三兩下就寫出了一首動人的情詩。

詩的內容很平實，不像那些文藝作家寫的、不知所云的現代詩，雖是簡潔的文字卻有深刻的感情，很容易打動我們年輕人。而且大師的詩是有押韻的，光用唸的就很好聽，如果當成歌詞請人譜曲，一定會大受歡迎。

我跟大師講自己的想法，他卻只冷冷地笑笑：

「請人做歌？我這一生只有人家請我，沒有我請人家的。」

大師這樣說也不過分，確實一天到晚有人請他，不管是開幕剪綵，或者是聯誼聚餐，各種講座更不用提了，大師興趣卻不大，因為他個性原本就很孤高，「懶得應付那些凡夫俗子」，除非……除非確定在場有標準的長腿美女，或者人家出的價碼達到六位數以上。

今晚的聚會既然兩個條件都符合，大師當然欣然赴會，而我這個小跟班也沾了光，不但親眼看見媒體界的幾個大亨、企業界的幾個大老闆，還有一個剛出道不久的美女小歌星……如果不是僥倖當了大師的小助理，我可能一輩子也只會在電視上看見這些人吧！

大師喝了不少酒，在大家左一句右一句的恭維，以及美女歌手的撒嬌之下，一高興就信口把剛做的情詩唸了出來，大家果然擊節讚賞，而且感覺不像是存心巴結，因為有好幾個人都要求看看詩稿，害我趕快跑到餐廳櫃檯影印了幾份，於是人手一張吟哦朗誦，我好像沒跟大師參加過這麼有文藝氣息的聚會。

「太好了！我們就找人來譜曲，這首歌一定火熱大賣！」現場一個唱片公司老闆打鐵趁熱，立刻掏出支票簿來，「大師這首歌就賣給我，我保證請人做成最動聽感人的情歌……」

「對啊對啊，還可以做為我們下一張唱片的主打歌。」長腿歌手的經紀人也立刻跟進、敲鑼打鼓。

「我不賣。」大師臉一沉，全場隨即鴉雀無聲，不知哪裡得罪了他，「大家都是好朋友，賣什麼？這首詩送給你！」頓時全場掌聲如雷，剛剛開口的兩個人感激得不斷點頭，大家紛紛讚美大師的高風亮節、不同流俗，也把這場聚會的氣氛帶到最高潮。

後來他們果真很認真的請了有名的人作曲、編曲、拍攝MV，而且開始對媒體放消息，暗示大師親筆創作的第一首國語流行歌即將問世，我一方面替大師高興，一方面也好奇一向看錢很重的大師，這次是怎麼了？

大師出版的書銷量雖好，但大師仍然擔心出版社偷他的版稅、沒有每一本跟他算錢，居然要求在每一本書的版權頁上蓋他的私章，因此每隔不多久，我就得跑到出版社去，在剛印出的每本大師的書上逐一蓋章，有時候蓋的頭都暈了，晚上睡覺夢裡都是一顆顆印章……

還有去電視臺錄影，例如他一集是兩萬元，有一次錄影錄得較長，製作單位說要剪成兩集，其他來賓不以為意，大師卻馬上說不行！那得給足他四萬才可以。

而這一次的情歌，就算現在市場不好，畢竟打著大師的名號，如果能賣個一萬張，那大師應該也有幾十萬的版稅好拿，他何時變這麼慷慨了？連對方打電話來說還是要簽個正式的合約，都被他三言兩語頂了回去：「簽什麼約？不是說好送你的嗎？送禮還有簽約的呀？做朋友還有簽約的呀？再囉哩囉嗦我就收回，不給你們出了！」

終於大功告成，整張以大師情歌為主打的唱片完成了，長腿歌手的MV也攝製完成，熱烘烘的幾千張CD正待送往全臺，大師要我打電話給唱片公司：「請付這首歌的作詞權利金：一千萬！」

「什麼？不是說免費送給我們？現在都要出片了反而要一千萬！哪有那麼高的行情？早知道就不出了！」唱片公司老闆在電話裡的聲音，大得連旁邊的大師都聽得見。

他十分淡定的回答：「你跟他講，誰答應送他了？同意書在哪裡？有簽合約嗎？叫他馬上付一千萬來，不然就請他銷毀所有的CD、停播MV、停掉宣傳活動……這樣損失應該不只一千萬吧？你叫他自己好好考慮，我給他二十四小時決定。」

大師不愧是大師，太準、太狠、太絕了！如果當初這首詩他用賣的，了不起拿個十幾萬吧（說不定還不到），用「送」的卻可以拿到一千萬……我講完電話後，竟然全身發抖，不知道是興奮、還是害怕。

# 05

## 他去理髮了

口述者：Amy，24 歲，報社助理編輯

報社社長打電話來時，A哥剛好不在座位上。

A哥和B姐是我們報社副刊的兩名副主編，表面上各司其職、合作愉快，其實明爭暗鬥、不擇手段。

問題出在我那個表舅，也就是副刊的主編身上。

副刊主編還兼報社副總編輯，表示他很重要，所以很忙，所以不常到副刊辦公室來，每次都是在日本料理店吧，一邊喝著清酒一邊吃沙西米，然後打電話來問今天都登哪些人的作品，某某人的某篇什麼時候登，都安排好了那ＯＫ可以上版了，然後他就沒事了繼續喝酒吃肉——這個位子也太好幹了。

當然主要幹事的就剩下A哥和B姐了，兩個人也共事多年了照說應該很有默契，壞就壞在我這個表舅主編最近不想幹了，我大惑不解：天下還有比他輕鬆的工作嗎？他說應該沒有了，但他現在有機會去替一個宗教慈善團體管財務，「那有多好賺你知道嗎？神不知鬼不覺。」

「那我……」

「你放心，我已經交代了，你在報社的位子不會丟，有機會自己爭取升任編輯。」

編輯上去就是副主編，再上去當然就是這個即將空出來的主編位子，於是最有希望「接班」的A哥和B姐展開了熱烈的鬥爭，首先就是爭取在副刊工作的人馬，大家各自選邊站，以「奠定」自己未來的基礎，這時當然要慎重衡量局勢：

論名氣、人脈和能力，A哥明顯強一些，B姐唯一的優勢是資歷比較久而已，除非報社也來個「女性保障名額」，否則B姐的勝算不大，但她做人周到，經常幫編輯們帶咖啡甜點零食的，又很少疾言厲色罵人，所以也拉到了近一半的人馬。

唯一沒表態的就是我了，我的靠山大家都知道，所以也沒人逼我選邊，我倒是很好奇表舅主編的態度。

「那你要離職，也得推薦繼任人選給社長吧？」

「那當然，人不在，影響力要留著，將來多少用得到。」

「那你會推薦A哥和B姐讓社長挑一個嗎？」

「傻瓜，那萬一他挑選了不是你心目中的人，不就慘了？」

「那怎麼辦？只推薦一個？」

「那也不行，上面會認為你有私心。」

哇！沒想到大人的世界那麼複雜，我聽得一頭霧水。

「你要把自己心目中的理想人選，和明顯不怎樣的兩、三個人，一起提在名單內，上面只要還沒腦殘，當然會選最優秀、也就是你中意那個，而他還以為是自己的英明抉擇呢！」

一番話說得我恍然大悟，忍不住好奇心：「那……你會選……我猜是A對不對？」

「錯錯錯，A是比較強，但是比較強的人以後表現可能比我好，大家會認為我不如他，我雖然要離開了，難保以後不會回來或去別的地方，如果讓人留下他比我強的印象，那我還怎麼混？」

「所以你要選比較弱的B？」

「對啊，比較弱就沒有這個問題，而且她不強，又知道自己不強我還選她，就會感恩圖報，我才能繼續發揮影響力啊！」

第二番話又說得我瞠目結舌，果然「大人」的世界太複雜，思路太縝密，好在我還小（既指年紀也指位置），不用煩惱這種問題。而表舅主編已把辭呈和這份建議書寫好了。

但不知社長為什麼會親自打電話找A哥，電話響了兩聲，他的親信正要伸手去接時，B姐從對面衝過來搶走話筒：「喂，副刊部，哦是社長呀，您找A呀，呃……」她故意頓了一下，環顧四周，「他去理髮了，有什麼——」「咔！」的一聲，社長重重掛電話的聲音，好像現場每個人都聽得到。

通常有人漏接電話時，我們都會說：「他（她）不在位子上，待會請他（她）回電給你。」這種既不必說謊又保持彈性的說法，算是最起碼的互相掩護吧，沒想到B姐這麼狠，讓社長以為有人膽敢在上班時間去理髮，這不是「無法無天」嗎？何況她明知A哥昨天吃壞肚子，今天在辦公室跑廁所跑了好幾趟……

不久B姐果然榮升主編，A哥憤而請調別的單位，表舅主編請我吃日本料理時說：「本來社長是不太想用B的，所以特別打電話要叫A來談談，誰曉得他去理髮了，哈哈！這一招夠狠！」

06

# 噩運女主播

口述者：謝小莉，33 歲，銀行職員

姐姐出事了。

我知道她早晚要出事的，勸過她好幾遍，她不聽。

她是有線電視臺的新聞主播，不是第一線的，通常播早上、下午或假日的新聞，偶爾也會吃螺絲，雖然不像那些大主播那麼有名，但畢竟天天上電視，走在路上常被人認出來。

說好聽是主播，其實不過是發音標準、字正腔圓的「讀稿機」，每天行禮如儀的播幾遍新聞就沒事了，薪水不多不少，但「電視臺主播」這個頭銜還頗唬人的，好像再來就是要嫁入豪門了。

她還有一個工作就是陪吃飯，其實也不能說是工作，應酬嘛，例如業務部主管來找新聞部主管，新聞部主管就來找她，說是有個大客戶找兩位主管吃飯，請幾位主播作陪，這樣好像很難拒絕厚？總不能讓上司為難，而且不過是吃個飯而已，到時寒暄幾句、低頭用餐、找空檔先走也就算「完成任務」了。

第一次吃飯比料想中好，兩個男主管，主播只有她一個，客戶是個中年微禿的男子，長相平凡，但說話客氣，也只跟她短暫交談幾句，帶著一個中年女祕書，在旁邊瞇瞇的笑著。

五個人連喝了兩個鐘頭，大家分頭告別，女祕書說要送她去搭計程車，臨走塞給她一個紅包，她來不及推拒，心想可能是禮券什麼的，回家打開，是十萬元現鈔。

陪吃飯就有十萬，那如果更進一步……姐姐跟我講這件事時，我還義正辭嚴的罵她，她卻說跟男友還不是做，而且一毛錢也拿不到，看來她心意已決，是阻擋不住了。

以後她就很少再提跟人吃飯的事，好像也不用主管出面了，對方自然會派車來接她，有幾次我來電視臺接她下班，看她就被人載走了，每次的車子都是豪華名車，但都不一樣品牌，看來這個客戶夠闊氣——後來才知道車上是不同的人。

我不想說姐姐已經開始「賣」了，但她有一次喝多了，回來告訴我這錢真好賺！通常是被接去一流大飯店的最好餐廳，吃一餐最貴的，再在飯店的禮品店或商店街逛一逛，她愛買什麼包什麼鞋自然有對方付帳，然後再到頂樓的豪華套房春宵一度。

「妳這樣很像一場又一場的麻雀變鳳凰耶！」我挖苦她。

她卻哈哈大笑，「麻雀？鳳凰？什麼鳥都一樣，錢才是最重要的！」她醉了，打開新買的柏金包，抓出一大把鈔票，撒得整個房間都是。

這種「銀貨兩訖」的事，為什麼會變成報紙上的標題「女主播美色詐騙／日本男人財兩空」的新聞呢？看內容大概是姐姐跟一個專程慕名而來的日本人，拿了人家錢卻沒「交貨」，日本人就跑去她的電視臺投訴，才造成了這個沸沸揚揚的大醜聞。重點還不是以色詐財，重點是印證了大家長久以來的想像：女主播，至少某些女主播有在賣，那又可以聯想到更多女藝人、名模……電視上的名嘴們鼓起如簧之舌，一個個大爆市場、交易、行情各種黑幕。

姐姐關機了，還好我知道她住家電話，她剛接時還怕怕的，一聽是我就開始哭訴：「我完了！天啊！我怎麼知道會這樣！是張姐（想必是她的經紀人）說有一個日本人想找我，我心想日本人言語不通，吃飯逛街就免了，省得浪費時間，加他一倍錢直接約在XX飯店的房間就好了，反正最後還不就這個目的，對方也答應了，張姐告訴我到八三一號房，我如約去了，果然是一個日本人開的門，他看到我也很高興，二話不說就辦起事來，大概很滿意吧，我臨走時還給了我八千塊，照說錢都是由張姐先收的，我想這大概是多給的小費吧！我高高興興的回到家，半夜卻接到張姐的電話說我怎麼沒赴約，我說放屁！事都辦完了怎麼會說我沒去，一生氣就關上電話不接了，沒想到第二天報上就寫我這樣了……」

「那到底是怎麼回事？」

「怎麼回事？房間是八三七，我聽成了八三一了，白白便宜了另外那個日本人，他一定也是在飯店叫了小姐正在等吧，剛好我來了……唉！真倒楣。」

我還沒說真正倒楣的事呢，由於報上挖出姐姐在美國的大學學歷是假的，和她一樣學歷的我也被銀行調查，把我開除了。

# 07

## 狗與狗碗

口述者：老張，47 歲，退休人士。

兩個中年男人同遊九份，實在有一點尷尬。

本來是好幾個人說好的，結果紛紛推說臨時有事，最後只剩下我這個半退休人士，和老丁這個古董商，反正他也不需要上班，兩個人就決定隨便逛逛。「有時好東西就是這樣不經意發現的。」他說，我對什麼古董民藝是完全不懂，只有點頭附和的份。

但就連什麼都不懂的

我，也看得出九份沒什麼好逛的，擠滿了年輕情侶和香港、日本來的觀光客，賣的也無非一些「假裝」中國情調、「冒充」臺灣風味的小藝品，做紀念品還可以，帶回國送人不失禮，但要說有什麼收藏價值嘛，「看來今天是來錯地方了。」

敗興而歸，正準備打道回府，卻在我們停車的不遠處，也算是九份「鬧區」的最末端，看見一間裝潢還算典雅的民藝品店，老丁兩眼一亮，拉著我就衝了進去，我跟著還沒看兩樣東西呢，又被他拽了出來，「什麼嘛！都是一些B貨和仿品，擺明了唬老外的，算了算了，回臺北我請你吃飯去……」

有人請吃飯我當然樂觀其成，但走不到幾步，大概就是這家民藝品店隔壁的隔壁吧，有一家舊舊的民房，沒有開店，也不像附近其他房子一樣供人停車，裡面光線暗暗的，好像有人在做什麼手工，老丁卻停下來了，但他不是張望房子裡面，而是盯著門口綁著的一隻黑狗，兩眼眨都不眨一下。

狗我雖然也不懂，但至少看得出這是混種的土狗，毛色也不佳，實在不知道有什麼好看？順著老丁的目光看過去，原來他看的不是狗，是狗身邊的一個飯碗，粗粗的，髒髒的，莫非——

「噓！」老丁一把將我拉到身邊，壓低了音量，「那只碗，那只碗是寶貝呀！那是清朝乾隆，那個官窯……唉，反正你也不懂，總之那只碗起碼價值十幾萬，鄉下人不識貨，竟然拿來餵狗！」

一聽十幾萬，我的精神就來了！

「那你開口跟他買啊！他都用來餵狗了，說不定幾百塊就買得到，那你不是一本萬利，可以請我大吃好幾頓了嗎？」

「你個屁啦！」老丁這個人就是這樣，一急了就口不擇言，「我要買他的狗碗他不疑心嗎？萬一他拿到隔壁店裡去問，那老闆好歹懂一點，那我還想便宜買到嗎？」

「言之有理，那該怎麼辦呢？」只見老丁的賊眼滴溜溜的一轉，「有辦法，我出錢買他的狗！」

「買狗？那狗不優吧？再說你想買的不是狗碗嗎？」

「你這傻屄！」我又挨罵了，誰叫人家腦筋比我好呢？「不優的狗我才能出低價買啊，買了狗我要他順便送狗碗，反正他狗都賣了，留著狗碗幹嘛？再說他又不知道那碗有價值……」

難怪老丁這幾年生意做得不錯，確實思慮周密，《孫子兵法》說「多算勝，少算不勝」，應該就是這個道理。於是我們兩人故作鎮靜，老丁照計畫慢慢接近房子，在那綁著的黑狗附近蹲下來，嘴裡「嘖嘖嘖」的逗弄他，沒想到那狗也很友善，一邊搖尾巴一邊還走過來舔他的手，老丁回頭對我得意的一笑，正好裡面在工作的人走出來了。是個六、七十歲的阿伯吧，兩手端著一籮筐的芋圓，靦腆的對我們笑一下。

「大哥，這隻狗是你的嗎？好可愛哦，叫什麼名字？庫洛，嗯，庫洛好像很喜歡我耶，跟我很有緣，大哥那這隻庫洛賣給我好不好？真的，沒開玩笑，我一直想養一隻黑色的土狗，難得看到品種這麼純正的（我吐了一下舌頭，老丁睜眼說瞎話的功力真不是蓋的），好啦好啦！要賣多少？三萬？有點貴吧？是啦，是正土狗，算一萬五好不好？我們也沒帶那麼多錢，給你現金，狗我現在就牽走，好好，就這樣一言為定！」

阿伯拿了一萬五千塊現金，臉上也沒什麼特別的表情，把黑狗的繩子解下來，牠還在搖尾巴，看來對新主人很滿意，我正等著看老丁使出他的「絕殺」，果然看見他蹲下去拿起狗碗，一副漫不經心的樣子，「對了，我第一次養狗，也沒有狗碗，那這個碗就順便送給我，讓庫洛可以繼續用囉？謝謝啦！」

「那不行！」沒想到阿伯動作敏捷，一把將碗搶了回去，還緊緊兜在懷裡。

「為什麼不行？就一個破碗嘛，不然我加五百給你！」老丁眼看計畫破功，有點著急了。

阿伯還是面無表情，「碗不能賣給你，因為光是靠這個碗，我今年已經賣掉四隻像庫洛這樣的狗了。」

# 08

## 買車驚魂

口述者：吳太太，60 歲，家庭主婦

我今年六十歲，有一個兒子，已經娶媳婦了，還生了兩個可愛的小孫子，都在讀小學，我看媳婦每天騎摩托車接送兩個小孩，實在很辛苦，而且這樣「三貼」既違法又危險，就想說買一輛轎車給她開（我兒子有車，但每天要開去工業區上下班），但是新車最少五、六十萬我又送不起，那就去買一輛二手車好了，反正是代步，安全就好。

我一個婦人家當然不懂車啦，剛好我有一個外甥，最近到一家二手車行上班，就叫我去他們那裡看車，正好也給他做業績。哦他們那個老闆不錯哦，胖胖的，又親切又熱情，一見面就說既然是員工的親戚，又說我是為媳婦著想的好婆婆，現場一輛才開了八年的TOYOTA的那個什麼，VIOS哦，算我十三萬就好。我是不知這樣貴還是便宜啦，可是趁老闆去接電話的時候，我外甥說這樣的車最少都要二十萬以上，賣這樣太太便宜了啦，趕快買！

但我心裡還是擔心：會不會這車有問題，才算我這麼便宜呢？不然天底下哪有這麼好的事？這時老闆回來了，好像知道我心裡在想什麼，就告訴我說他們的二手車都是有認證的，保證沒有泡水不是贓車也無重大事故，而且還明文寫在合約裡面，只不過這輛車很多人想要，如果我確定的話要先付五萬塊訂金，我一下哪有那麼多錢？他說沒關係可以刷卡，我看外甥比我還高興，心想這下撿到便宜了，當場就拿出信用卡，也簽了合約交了證件，老闆說車子還要整理一下，例如換機油換電瓶，車身上有一點小刮痕也免費幫我處理好，真是一個很不錯的生意人呀！

要等三天才能拿車，我想給兒子媳婦一個驚喜，硬是忍住不說，只有偷偷跟我外甥打電話，他說查遍臺灣的二手車網站，同樣條件的車沒有比我這輛便宜的，我跟他約好幫我開新買的車回家，又高興了好久，終於等到交車的那一天了。

約好下午三點到車行，我可能太興奮了，兩點四十幾就到了，正好看見我要買的那輛車，車門車窗的縫隙上都插著很多黃色的紙，不知是怎麼回事？車行裡沒看到人，也沒有我外甥的影子，我想走近一點看，老闆卻不知從哪裡冒出來了，匆匆忙忙把那些塞在車上的黃紙一張張收起來，這時他才回頭看到我，我也才看到他手上拿的，是一張張的冥紙！

「吳太太妳不要誤會，是這樣的，這輛車說好賣給妳之後，不是還放我在這邊處理嗎？結果連續兩天晚上，都有值夜的員工看到有人坐在車裡面，對啊，是有點恐怖，但是後來我們有去問師父，他說車上有不乾淨的東西，問題不大，他幫我們，不是，是幫車子作法之後，叫我們用冥紙貼在車上一天一夜，就什麼問題都沒有了。好啦！現在我把冥紙拿掉，沒事了，妳可以把車開回去了！」

我怎麼可能買這樣的車？嚇都嚇死了！當場就說我車不要了，這個胖子老闆忽然變臉了，口氣兇兇的說根據合約車子既然沒有問題，我不能無緣無故不買，不然訂金五萬就不能退了，我說你退我訂金可以賣別人啊，他說吳太太妳有沒有良心，連妳訂了都不要的車我是要去賣給誰？我損失還比妳大咧！我說不過他，而且自己確實也簽了不交車就沒收訂金的合約，只好摸摸鼻子、欲哭無淚的走了。

那天晚上我連飯都吃不下，想到本來買輛車可以便宜七、八萬，現在反而平白損失了五萬，越想越不甘心，正想打電話給我外甥，痛罵他們老闆一番，沒想到我外甥反而先打電話來了：「阿姨我跟妳講，我已經辭職了！也不只是因為妳啦，是後來我發現，原來我們老闆專門用這招騙人家的錢，其實那輛車根本沒有問題，也沒有師父作什麼法的，他就是趁妳快來拿車時把冥紙貼上去，然後編這一套鬼話來嚇妳，妳不買，就沒收訂金……他用這種方式，已經沒收過七、八個人的訂金，賺了四、五十萬了，我現在才知道怎麼會有那麼好的事，原來那輛車根本就是他的詐騙工具啊！真的沒想到。」

# 09

# 相對正義

口述者：文先生，42 歲，司機

當司機絕不可恥，但是幫阿吉仔當司機就有一點……

阿吉仔不是電視上唱歌那一個，是我幫他開車的一個大老闆，他因為兩條腿都沒了（原因不明。有說小兒麻痺，有說在工地受傷截肢，也有說是被黑道砍的），長得又有點像唱歌的阿吉仔，就被那些董的、總的叫他「阿吉仔」。

只有我不能這樣叫他，要恭恭敬敬喊他「吉老闆」。

我若不是中年失業，被中科一家電子公司裁員，花了半年又找不到工作，也不會來幫人開私家車——本來是要開計程車的，但很怕載到以前的同事太丟臉，開私家車至少是高級的賓士車，我也要每天穿西裝打領帶，被熟人碰到的機會也小得多……

看來一時是沒有更好的工作了，我瞞著老婆小孩，每天仍然穿著漂漂亮亮的去「中科」上班，前幾天看小孩的作文簿，寫說「我爸爸是中科的工程師」，老師還批了評語「虎父無犬子」，看了我都汗顏。

最主要的是人比人氣死人，這個阿吉仔沒有雙腳就算了，人又長得猥猥瑣瑣的，既沒讀什麼書，講話也是三字經不斷的很粗魯，卻能住在七期好幾千萬的豪宅裡，搭的是幾百萬的進口車，我這個成大畢業的卻只能幫他開車，而且連自己的ALTIS小車都保不住——之前失業時為了繳房貸賣掉了，還騙家人說搭公車上班是環保愛地球，而且臺中的公車八公里內刷卡免費，人窮到這麼「節省」，我心裡實在是酸酸的。

這個阿吉仔憑什麼過這種好日子呢？我每天載他來來去去，都是去一些風月場所，也就是所謂八大行業的地方，什麼豹什麼派什麼麗什麼雪的，還好他不是去喝酒叫小姐，不然我可能會氣死（但也想過他若去消費，也許會叫我陪，那也可以享受一下），只是跟管事的那些什麼董什麼總的坐一坐、抽一根菸，對方就會拿出一個大信封來，裡面裝得鼓鼓的……沒錯！都是錢，是有一次他一高興，直接從信封裡抽了一張千元大鈔給我，我才知道的。

難道他是收保護費的黑道？就憑他那副殘缺不全的樣子，絕不可能！若說是替白道鴿子幫（就是帽徽上有鴿子的警察啦！）來收乾股，那就更離譜了，有這麼明目張膽的「白手套」嗎？可那些店家為什麼乖乖繳錢給阿吉仔，怎麼就不會給我呢？

阿吉仔大概也看出我的疑惑（包含一些嫉妒），大概幫他開了半年多的車之後吧，有一次他多喝了一點酒，就趁著酒意告訴我，他這個「吉老闆」，不是普通老闆，是全市十三家八大行業的老闆。

我驚訝的張大嘴巴：「你……你哪有那麼多錢……是祖產喔？」

他哈哈大笑：「我哪有什麼錢？我是他們的人頭啦！他們如果出事了要上法院，

因為負責人登記的是我，就是我去啦！」

「那……如果被罰錢，甚至坐牢呢？你不怕？」

「罰錢怕什麼？他們多的是錢，至於坐牢……你信不信，從來沒有法官會判我刑耶！不是易科罰金就是緩刑。」

我半信半疑：「怎麼可能？你這樣可是累犯耶！法官都不關你，難道他們也收了錢？」

「你不要亂講！法官是很清白的……」他神祕一笑，「改天有機會你就知道了。」

機會終於來了，阿吉仔收到傳票，要以「熱情寶貝」理容KTV店的負責人名義，被控涉嫌妨礙風化出庭，我一早準時載他到法院，他這次卻穿著一件破背心、髒短褲，和平常整齊乾淨的樣子不同，我說出庭要準備拐杖或輪椅，他都說不必，一下了賓士車，他就撲倒在地上，開始用爬的……

法院前的人都停下動作，看一個衣衫襤褸、缺了雙腿、看來像遊民一樣的人，正用自己的雙手吃力爬上一級一級的階梯，看他咬緊牙關撐起殘缺的身體，滿頭大汗的在門廳上匍伏前進，身上沾滿了灰塵，衣褲都被汗濕透了，手肘也滲出一絲絲鮮血，但他仍堅持不接受任何人的扶助，自己一步一步，像隻受傷的蝸牛般，要爬向必須出席的法庭……我停好車，遠遠跟在他後面，和所有現場目擊者一樣，心裡都生出一股同情與不忍。

大約過了三、四十分鐘吧，當他終於爬到法庭的被告席時，整個人已像一團骯髒變形的水球了，旁邊的人不由自主的讓開，檢察官一臉氣惱與無奈，法官則是搖頭苦笑說：「又是你哦？」

我終於知道「吉老闆」是怎麼成功的了。

# 10

## 大家演一下

口述者：利先生，29 歲，待業中

我媽總是說：「跟著你舅舅就對了，他最厲害！」

我可不覺得，我舅舅五十幾歲了，長得瘦巴巴的，四肢像細細長長的竹竿，嘴裡不是叼著香菸，就是嚼著檳榔，看不出他有什麼本事，平常也沒什麼人理他——除非是選舉到了！

他自己當然不會出來選，就像我阿嬤說的：「生得那麼無才，一隻像猴咧！」應該不會有人想投票給他，但他特別會幫人包辦選舉，從立委到縣市議員到鄉鎮代表，也不管哪一黨哪一派哪種色彩，只要找到他幫忙（當然價碼也不低！）一定當選。

大家都說選舉沒有穩贏的，但只要找到阿猴（也就是我舅舅啦！）就不會輸，我媽看我老是找不到工作，就算有工作也做不久，就叫我跟著舅舅跑跑腿，「也跟人家學幾招吧！」

舅舅真的招數很多，看他平常吊兒郎當的，一說到選舉就超認真，旗子做幾面、文宣印幾份、便當叫幾個、宣傳車弄幾輛、路上要丟多少鞭炮、造勢晚會要準備幾張椅子、選舉看板要掛幾面、掛哪裡……好像他心裡早就有一張計畫表，大家照表操課，大致錯不了，反正嘉義市這個小地方，聲勢做大一點就熱鬧了，就人人都知道了，最後一晚在噴水池旁邊遊街的場面再盛大一點，煙火放得夜空燦爛，明天就可以放心等開票了。

但這一次我舅舅幫忙的是一個反對黨的，而且是小咖，聽都沒人聽過，照理說舅舅如果幫現任那個執政黨的，應該是十拿九穩，不知道為什麼這次卻偏挑了一個「硬」的，是常勝軍太驕傲了嗎？

「哎喲！啊就是人家給的錢多兩倍，當然要接呀！」他老實招認了。說來說去還是為了錢，但如果為了貪財反而輸掉這「南方不敗」的名聲，豈非得不償失嗎？我替舅舅擔心，他卻反過來安慰我：「安啦！這場好打！你看這個反對黨，不是名聲不夠嗎？那我就幫他衝名聲！遊街？造勢？那都不夠，別人也會啊！但他是反對黨，我們就找一樣來反對啊！現任的不是跟市長在推什麼生技園區嗎？我們就來反對啊！說他強徵民地、沒有做好環保、涉嫌官商勾結……標語、牌子做一做，口號喊一喊……」

「這樣就夠了嗎？百姓不一定贊成你吧？」我還是不懂。

「那當然不夠，就算你再演行動劇，電視臺來也拍不到十幾秒，這樣名聲怎麼造得起來？要衝！我們要去衝市政府！」

「那樣……好嗎？會不會太激烈了？」

「憨囝仔！」舅舅用力敲了我的頭，好痛！「就是要激烈啊！我還怕他們不理不睬咧！最好是拒馬都拉出來，鎮暴部隊出動，兩邊人馬對衝——」

「那萬一擦槍走火，變成暴動怎麼辦？」我還是打不怕、也打不懂。

「不會啦！我昨天晚上就去警察局副局長他家，找他泡過茶了，他也很有經驗，他說：『阿猴，我知道你們選舉一定要衝，但是若衝過頭大家都倒楣，你看這樣好不好？明天下午兩點，你把人帶到市政府，我叫人先把拒馬排好，鎮暴部隊也都準備好，當然媒體一定要通知到，到時候你的人大吼大叫往前衝，我就下令鎮暴部隊出來擋，大家一整排面對面，先講好，兩邊都不可以碰到哦，要吼要叫隨便你，但是絕對不可以碰我們警察，我們也不會碰你們，有兩邊對立的畫面給媒體拍就好了，我當然會舉牌叫你們解散，你們當然也不會解散，看到牌子就假裝再往前衝一下，我的人會退一點點，再來就沒有了啦，反正媒體拍這樣就夠上晚間新聞了，看熱鬧的人也差不多滿意了，大家就一起收兵走人，你看這樣好不好？』」

「副局長他……他真的這樣說？」我還是半信半疑。

「當然是真的！我騙你幹嘛？」舅舅急得差點咬到舌頭，「他是老鳥了，這種場面看多了，很清楚我們競選的人要什麼，你看那些剃光頭的、下跪的、哭爸哭夭的，不也就是為了畫面、為了報導嗎？像我們這種直衝市政府，當面對上鎮暴部隊，而且又打死不退，這不就搶盡新聞版面了嗎？想不當選都很難吧？」他又「呸！」的吐了一口檳榔，「啊他副局長這樣也是盡到職責了啊，而且順利處理群眾、防止暴亂、安定社會，搞不好還會被上級記功嘉獎呢！大家都互相來演一下，不就萬事OK了嗎？」

後來所有的劇情果然就照這樣演出了，那個反對黨的小咖候選人也順利當選了，舅舅真的很厲害。

11

# 買票誰看到

口述者：林先生，49歲，前任鄉長

沒想到我會栽在一個老婆婆和一個小鬼頭手裡。

我是所謂的「調啊咖」，也就是「柱子腳」②，平常沒事到處閒逛，選舉一到我就生龍活虎了。

我的工作？當然就是買票，不要講賄選，那多難聽，人想要什麼東西，當然都得花錢去買，想要選票的人花錢買選票，那

② 一般人稱的「樁腳」其實是錯誤用法，正確是「柱子腳」。支撐房屋的當然是柱子，不是樁子。

叫作「一分耕耘一分收穫」，有什麼不對？而我們就是幫人家買東西的人，所謂「助人為快樂之本」，不是嗎？何況也有助到自己。

你不要以為買票是一件簡單的事，隨便找個人，拿一些錢給他，叫他選舉時投給幾號，鬼才會答應你！他可能根本不敢收錢，或者收了錢不照你的要求投票（黑吃黑？），甚至直接檢舉你賄選去拿獎金……可見得票是不能亂買、是有技術的，這叫「術業有專攻」。

例如一般老社區的住戶，也就是那些住透天厝、已經住在這裡好幾代的，他們自己家屬於紅派或是黑派，那是早已確定的，所以我們很清楚：紅派的選民一定會投給紅派的候選人，而且還可以配票，例如紅派候選人有兩個，就請他們一家四票各分一半……這些好商量，但是「走路工」當然不可少，也就是說他們要投給誰早就確定了，我們只是送車馬費來而已，這是「關係確認」，不叫賄選。

而若是黑派的，就根本不用理他了，就算他住在紅派的隔壁，就算兩邊感情不錯常常一起泡茶喝酒賭四色牌，但他還是堅持領他們黑派的走路工，投給黑派的候選人。甚至對方家裡有什麼紅白喜事，他們也是互不參加的，你如果問他：「你為什麼是紅（黑）派呢？」

他也只會回答：「哇啊栽？自古早以來攏洗安捏啊。」③

至於比較新的社區，例如一般住大樓或公寓的，多半是比較晚搬來的，沒有那麼強的向心力，有些戶口甚至不在這裡，那就要製作名冊，哪一戶有幾票寫得清清楚楚，再透過鄰里長、社區管委會甚至保全人員，了解他大概有什麼政黨傾向……如果沒有是最好，錢送去，拜託他投幾號，他多半就收了錢去投幾號，舉手之勞，非常乾脆。

如果不拿錢（一般是公教人員或高知識的）那好辦，道個歉就出來。最怕拿了錢不去投票的，到時候票開不出來，例如跟「上面」領了兩萬元、答應要開兩百票，結果只開了一百票多一點（一般達成率至少要七到八成），那這支「柱子腳」的位置就可能不保，以後人家就去找別的「信用好」的人了。

要是碰到有黑道色彩的候選人更慘！我就聽過一位里幹事，收了人家買票錢結果

---

③臺語。意即「我哪知道？從古早以來都是這樣啊。」

開不到一半出來，連腳筋都被人挑斷了！

為了對付這種拿錢不投票的，我特製了一件夾克，對方收了錢答應投幾號之後，我會說：「你答應了厚？」突然掀開夾克的內裡，裡面貼著一張媽祖像，「媽祖婆有看到，你不能賴皮！」對方被嚇了一跳，趕忙拚命的點頭應好，照要求去投票的機率就大多了。

至於這位吳老太太，本來我是從不跟她買票的，她有時看到我在跟她鄰居買票，還會在旁邊鬼叫：「我怎麼沒有？」

我狠狠瞪她一眼：「妳老公是老芋仔④，跟妳買有什麼用？」

她還會辯解說她們家很民主，老公不會干涉她，我就給她一票五百試試看，結果她還說她兒子媳婦戶口都在這裡，兩個都很聽她話，又要了兩票一千塊去。

這次選舉的項目特別多，三四種包在一起金額更大，候選人怕「白買」了，都特別要求達成率，所以我去跟吳老太太買票時，怕她不守信用，還翻開夾克裡面的媽祖像，沒想到她笑著說：「可是我們家是信基督的。」——幸好我早有準備，翻開夾克的另一邊內裡，貼的正是耶穌基督像，「耶穌也有看到，妳不能食言而肥。」

她呵呵笑著說：「我不食言也很肥了。好吧，算你厲害。」她的小孫子本來一直在客廳一旁玩手機的，也忍不住笑了。

當天晚上，就有兩個警察來找我了，說我涉嫌賄選要我去局裡一趟，真是青天霹靂！我買票都很小心，確定沒有第三者在場，也沒有人在拍照或錄影，怎麼可能被抓到？

警察說：「跟你講也沒關係，就是那個吳老太太檢舉你的，證據？有啊，她的小孫子在現場，用手機幫你們全程錄影了啊！」

另一個警察接著說：「你還弄什麼媽祖像、耶穌像，很搞笑耶！」

④外省老兵的俗稱。

# 12

## 老大的錶

口述者：小方，21 歲，黑道小弟

跟著我們馬沙老大，已經一年多了，全部的感覺，就只有一個「爽」字能形容。

也不是說我們搞幫派的就作威作福，其實馬沙老大平日都是笑臉迎人，也經常教育我們和氣生財，所以大家平常對人都是客客氣氣的，除了某些時候，某些人實在太不像話。

那天我們是去唱一家卡拉OK，不是KTV

哦，馬沙老大喜歡唱卡拉OK是覺得自己歌喉好，尤其一首〈港都夜雨〉更是唱得迴腸蕩氣，即使不認識的人也都會給他熱烈的掌聲，不像KTV包廂裡只有自己人，小弟們再怎麼用力按讚，他也說是「狗腿」而已。

卡拉OK裡是照桌號，每桌輪一首，人數超過六個的就每次輪兩首，很公平合理，大家也跟著馬沙老大唱（誰敢？最多是合音，要不然就是打鈴鼓）得很開心。但不知道怎麼搞的，有一輪該播我們這桌的歌，卻直接跳到下一桌了，小弟們當然都火了！但都不動聲色，因為老大平常有教：對人要和氣。

馬沙老大很客氣的叫來服務生：「不好意思，可以請你們經理過來一下嗎？」不久一個中年男人過來了，「你好，請問你是這裡的經理嗎？」老大的語氣真的太斯文了，簡直像是蔡康永在講話。

「是啊。」對方點點頭，一臉的茫然。

「啪！啪！」兩個巴掌真的是，武俠小說裡面怎麼說？迅雷不及掩耳的打在那名經理臉上，「X你X的X！為什麼我的歌沒有來？」打得那經理屁滾尿流，落荒而逃，從那以後整整半個小時放的，都是我們這一桌點的歌。

我們也不想這樣讓別的客人不爽，馬沙老大下令結帳，一邊還對其他客人點頭示意，真的是很有禮貌。

後來我們又續了好幾攤，舞廳、酒店、理容ＫＴＶ……還是這種「高貴」的地方比較合我們的口味，至少不會有白目的經理或服務生，直到在最後的路邊攤吃現炒的時候，「幹！我的紅蟳沒去了！」馬沙老大右手摸著左手腕，一臉沉重。

「怎麼會？」大家議論紛紛，老大那只勞力士至少值六、七十萬，怎麼可能就這樣沒去？江湖上一向只有他Ａ人家的，哪有誰敢Ａ他的東西？就算撿到也會雙手奉還。

「應該是剛才那間金寶貝，我去洗手有拿下來，那時旁邊還有兩個少爺……」

既然如此，我們一行人不由分說，立馬回到那家店，在金光閃閃的大廳裡，馬沙老大不慌不忙，兩手插在褲袋裡，「我來找一隻紅蟳，剛才在這裡掉的。」語氣還是很客氣。對方一看是我們老大，劈里啪啦跑來好幾個男男女女，也都畢恭畢敬。

「歹勢大也，沒有咧。」

「裡面全部都找過了，沒有看到你那隻。」

「所有的小姐和少爺都問過了，沒有人看到。」

「大也你再想一想，會不會掉在別家？」

「放屁！就是你們！今天不給我拿出來——」忽然一片寂靜，原本熱鬧的音樂聲都停了，馬沙老大兩眼飛快的向左右溜了一下，「砸！」小弟們立刻拿出藏在身上的「家私」，開始對著光鮮亮麗的裝潢下手，頓時玻璃碎片齊飛，桌椅四散，牆上的畫都被扯下來，連地板的大理石磁磚也被敲裂了。

對方眾人紛紛走避，卻都靜默不語，始終不肯把老大的錶交出來，馬沙老大的兩個鼻孔又「哼！」的一聲，小弟們又大呼小叫砸了一輪，整個大廳裡簡直沒有一片完整的東西，連小小的酒杯也都一個個仔細的砸碎了。裡面的客人和小姐紛紛探頭出來，也紛紛由別的門口走避，留在現場的幹部和保安，卻始終不發一語，看來是吃了秤砣鐵了心，無論怎樣都不肯「吐」出老大那只錶就對了。

「不對啊，一只錶仔最多六、七十萬，我們這樣砸他們場子，他們損失都不只一百萬了，為什麼會為了一只錶甘願這樣？……」老大低聲的喃喃自語，小弟們也都開始心生狐疑，而這時我看見了半掛在牆上的一幅巨型油畫〈維納斯〉，我記得金寶貝大廳掛的畫是〈瑪麗蓮夢露〉，所以……所以我們找錯店了，這一家是金貝貝不是金寶貝，難怪他們快被砸爛了也不把錶拿出來，他們根本沒有……

「大也，好像不是這間耶？打錯家了。」我說。

「我也是這個感覺……」馬沙老大回答時，外面已經衝進了三、四十個人，每個人手上都是棍棒和亮晃晃的刀子。

13

# 酒店驚魂

口述者：莉娜，38 歲，酒店幹部

這一行做了這麼久，我也算是數一數二的人了，據說老總打算讓我接副總，他要把事業重心轉移去中國，我也自信可以勝任愉快。在「江湖」上那麼多年，什麼場面沒看過：曾經有客人要劃檯少付一半的錢不成，直接就把手槍拿出來放在櫃檯上，嚇得小姐花容失色、少爺紛紛走避，還是得我這個老臉皮出面，腆著笑臉應付客人，願意給多少就算多少，都不給簽帳也可以，心情不好不想簽也可以，阿尼基⑤你別生氣，改天再來玩，謝謝哦，慢走。

好不容易打發走了凶神惡煞，我擦擦汗，喘一口氣，撥電話，大概幾分鐘內，這幾個牛鬼蛇神的車子就會被一群人攔下來，砸爛，人拖下車，揍扁……我們兩百個圍事可不是白養的，不這樣狠狠教訓，到時候大家都學著賴帳，老娘和這一群少爺小姐，不就要回家吃自己了？

眼前的兩大麻煩不一樣：一個是方總，他出手闊氣，為人豪爽，付帳從來不嘰嘰歪歪的，也不太挑剔小姐，可以說是一等一的好客人。只有一個毛病比較討厭：他最後一定要帶一個小姐出場，而且一定要做S（上床），問題是聽說他滿粗魯的，搞得跟他出去過的小姐好幾個帶著身上的瘀青回來，有的還被咬傷，一傳十，十傳百，再也沒人敢跟他出場。每次他要走時就在那邊「盧」，實在很頭大。

另一個是新來的小芳，身材火辣，兩顆大胸脯部沒有H也有G吧，又有一頭烏溜溜的長髮掩住半邊的臉孔——可惜那臉孔不能看，小眼睛、肉餅臉、顴骨又高，完全是韓劇中惡婆婆的長相，如果我自己徵人是絕不會用她的，但老總說是他親戚，一定要我想辦法安排，像這種別說二軍三軍，連候補都不夠格。

只有趁一些大官或民意代表擺威風時，一叫一大堆，就把她放在隊伍裡面「混」進去；要不然就是已經喝得茫酥酥了，叫她乘機進去混一下，敬個酒、哈拉兩句就出來，這樣好歹也能算一檯。當然被發現「打槍」、趕出來的機率也不小，我還得點頭哈腰的賠罪，實在是太划不來了。

這個晚上方總興致特別好，喝到三、四點越叫越多瓶，小姐川流不息的來來去去他也不介意，我一方面心裡暗自高興，一方面又擔心等一下他又想帶小姐出場，到時沒有人肯跟他走怎麼辦？幾個缺錢比較好商量的小姐，有的沒來，有的已經先被別人「框」走包場了。

「要不然莉娜姐妳犧牲一下，跟他出場好了！」底下的小姐沒大沒小，竟敢這樣虧我，我一邊啐罵她們，一邊也暗暗擔心：難道到時真的沒人，我終究要自己上嗎？我是不怕方總多粗魯，是怕他嫌我老直接說NO，那我不丟臉丟死了？

⑤日語あにき（ANIKI）的音譯，意指「大哥」。

這時我轉頭看到小芳，又一個人無聊的坐在大廳嗑瓜子，知道她又被人趕出來了，沒有檯可坐，從我的角度看去，她的一頭長髮垂下來，剛好擋住臉孔，而「腰束奶膨」的身材真的沒話說——忽然心生一計。

我看方總喝得差不多了，就把小芳推進他的包廂，事前告誡她：「妳進去，坐方總旁邊，把長髮放下來，向著他，不要正臉對他懂不懂？只敬酒，不要多講話，也不要亂動，等一下他如果要帶妳出場，就乖乖跟著走，記得長頭髮那一面向著他，明白了？好，進去！」

酒酣耳熱的方總果然不疑有「她」，跟小芳喝了兩杯，還從她的長頭髮、半露的胸部、細腰，開高衩的大腿一路看下去，一臉色瞇瞇的說：「好！就這個！」

小芳高興得跳了起來，這可是第一次有人帶她出場，又趕緊頭一偏，長長的黑髮拂過方總的肩膀，他更樂了。

一次解決兩個燙手山芋，我那晚（應該說是早上）下班後睡了一個好覺，到中午被電話吵醒，一拿起來就聽到方總的大嗓門：「莉娜妳是搞什麼？妳介紹了一個鬼來跟我睡，是要活活把我嚇死哦？」

我忍住不敢笑：「喂方總你不能這樣講，小姐是你自己挑的，怎麼能怪我？我還以為你眼光特殊哩，怎麼樣？沒有嚇到我們小芳吧？人家可是新來的。」

在一陣「靠夭」聲中，方總掛了電話，我忍不住哈哈大笑，笑出了眼淚。

14

# 只能靠你了

口述者：老管，61 歲，作家

我深深歎了一口氣，今天晚上，她還要過來。

她是我的女朋友，正確的說法，應該是前女友，還不到三十歲，當我女兒都綽綽有餘，卻因為看了我的作品而崇拜我、迷戀我，最後就跟我在一起了。

反正我「無某無猴」⑥，「死豬不怕滾水燙」，而且還有個如花似玉的姑娘自動送上門來，也沒有什麼拒絕的道理。文友們以前都笑我寫那些不知所云的詩，常常連一百本都賣不掉，不知道我堅持寫作有什麼意義；現在看到有女人看上我的作品進而看上我，卻不由得眼紅了，反過來批評我只會寫一些風花雪月的東西。

管你什麼風什麼月呢，反正這個女友隔兩、三天就上門來，把我的狗窩打掃得乾乾淨淨，再煮上一桌不輸餐廳手藝的好菜，然後就是點起蠟燭喝上紅酒，然後……就不用我多說了，青春的肉體真是天下無敵。唯一的缺憾就是：她的胸部有夠小。

其實她長得有點嬰兒肥，全身肉肉的，抱起來軟玉溫香、舒服得很，就可惜胸部「不合比例原則」，大約只有兩個蓮霧大，不管在視覺上、觸覺上都是美中不足，因此她常穿著上衣、或戴著胸罩跟我上床，我總故意把她脫光，逗弄她兩個小小的乳房，而且安慰她說「不需要大，夠用就好」、「反正我的手也不大」……小是小，卻很敏感，我們的魚水之歡一直都很滿意。

直到有一次，她找了一部說是很好看的A片要助興，我當然不反對，但一看到女主角的超大胸部我就「嘖」個不停，轉頭看看她，不小心（真的是不小心！）又歎

⑥臺語，沒有妻小。

了一口氣，她就跟我分手了。

她分得很堅決，把我全面封鎖，我則落得很慘，這把年紀了，哪裡還有機會把到這種青春美麗妹？偶爾有些師奶級的還會對我表達一些意思，但那只限於嘴上吃吃豆腐，光想到她們脫了衣服的樣子，我就頓時覺得全身無力，還是得努力把這個前女友挽救回來才是辦法，畢竟要烈火才點得起餘燼呀！

她竟然主動打電話來了！我喜出望外，而且問我是不是在家，晚上會不會出去，我忙著回答「是」、「不會」、「好，我等你」，整個人真的是「雀」躍不已，趕快去洗澡、洗頭、刮好鬍子換上乾淨的內外衣褲，還把我的狗窩稍稍整理一下——至少要把沙發和床鋪的位置空出來，沒想到我竟然像第一次約會的少年那般興奮。

門鈴響了！一開門就嚇了我一跳，她穿著一件低胸T恤，兩個大大的奶球呼之欲出，一定是去隆乳了！她竟然為了我去隆乳，難怪無緣無故要分手，原來是為了給我一個 Surprise，真是令人不得不疼惜的乖女孩呀！我忍不住伸出「祿山之爪」……

「等一下！」她雙手護胸，表情嚴峻，「我是隆乳了，但不是為了你。我們已經分手了，你不可以這樣不尊重前女友，不然我馬上就走！對，我去隆乳了，因為不想再被別人看、不、起（咬牙切齒的說）。隆乳很成功，我現在是C⁺吧！但是醫生有交代，隆過的乳房要每天按摩才行，我自己做不到，又不能找我的女性朋友，我不想被她們嘲笑，女人的嫉妒心最強了你知不知道？男性的朋友當然更不行！男女授受不親。現在男朋友？有啊，是高雄一個很棒的網友，也是寫文章的，我們還沒見過面呢！這個C⁺就是要給他的驚喜。對！不是給你的，Sorry哦。但我想來想去，只有你這個前男友，反正也看過、碰過我身體了，你來幫我按摩最適合……

「對，就是這樣，順時鐘方向，大約每次按一小時就夠了，不准亂來哦！我只是請你按摩而已，我相信你是有誠信、有操守（靠夭！連操守都出來了，我在心中OS）的文人，所以今天起一個月內，我每天晚上會來找你，請你幫我按摩乳房，你說好不好？」

她兩手抓住我的雙手放在她的胸部，「求求你，沒有別人可以幫我了。」

我……我……天啊！這是我的「報應」嗎？

# 15

## A片初體驗

口述者：阿強，27歲，業餘攝影師

阿國找我拍A片的時候，我以為他是開玩笑。

A片當然是從小看到大，大部分還是阿國幫我弄來的，但從來也沒想過自己要拍A片，高中的同學都說當A片演員最好了，又爽又有錢賺，其實他們沒知識：旁邊又是導演又是攝影燈光等工作人員，你「站」不「站」得起來都是問題，更別說「做」了，而且還得做那麼久那麼神勇，那不是普通人辨得到的！所以你看日本A片的AV女優換來換去如走馬燈，男優卻始終是那幾個老面孔。

阿國說我神經病，找我拍A片不是叫我上陣啦！「你忘了你的外號叫小傢伙嗎？」聽了我就想揍人，他急忙陪笑說找到管道有人專收國產A片，一部片四十五分鐘，可以賣二、三十萬，我說鬼才要看國產A片啦，品質超爛的，阿國說有人就是覺得看自己臺灣人演的比較有真實感，市場雖然小但還是有，他已經找到一個男的，從前就拍過幾部，女的則是應召站找來的越南妹，回國時間快到了想多撈一點——男、女主角都有了，找個房間，他導演，我攝影，反正我平常有在玩，機器都是現成的，算算成本不到十萬，很好賺的！

我倒不缺這點錢，但我知道阿國最近比較緊，看在他多年供應我A片的情分上，我義不容辭要幫這個忙，而且也想到玩攝影那麼多年，還沒有自己的代表作，A片雖然上不了檯面，也總是一個經驗。

說幹就幹，阿國這個小氣鬼，連Motel的錢都捨不得花，找了一家又舊又便宜的旅館，就是那種過夜九百休息三百的吧，「反正觀眾才不在乎你在什麼地方做，重點是做的內容……」好吧，阿國導演既然這麼說，攝影師阿強我也只好乖乖打燈光、架機器。

不久男主角來了，雖然年紀有點大，但體格還可以，也不講話，在一邊猛抽菸……直到女主角來了，長得普通，妝化得很濃，身材也算有凹有凸，於是阿國導演開始「說戲」——當然沒有什麼劇情，重點是兩人的位置，衣服是各自脫還是互脫，誰先幫誰「服務」，然後要做哪種姿勢、安排的順序，還有就是結局也很重要，做多久才「發射」、射在什麼地方也都得講好，基本上我們沒有錢NG重來。

「Action！」阿國還裝模作樣的擺出導演架勢，男女主角開始脫衣服，男的有經驗，女就當是上班，配合倒不錯，但女主角始終臭著一張臉，好像人家欠她多少錢似的，任對方再怎麼「進攻」仍然緊閉著嘴巴，連唉也不肯唉一聲。

「Cut！Cut！」導演只好停下來，和女主角比手畫腳了半天，原來是嫌錢少，阿國忍痛加了兩千，她馬上笑逐顏開，「Keep Rool！」繼續拍。

但男主角已經「冷掉了」，不愧是老經驗，「等我一下。」轉過身五個兄弟一起幫忙，很快又是一條好漢。

女主角雖然會叫了，但問題她畢竟不是專業的，例如幫男主角口愛時頭髮全部垂下來擋住臉，幸好男主角幫她撩起來；但後來在床上時，她的臉孔又被男主角的手臂擋住。

旅館房間很小，我攝影機的位子沒辦法動，著急的比手勢讓阿國看螢幕，照理說要停機重來的，但阿國為了省錢，居然就直接伸手進來，把男主角的手臂從女主角的臉孔前面移開，我差點大叫出聲！這樣將來看這部A片的人，就會看到在床戰進行中，畫面裡忽然伸進一隻幽靈般的手，把男女角的位置「喬」了一下，這也太不專業了吧！

一切都為了省錢，為了避免後製時再配音樂要多花錢，阿國還想出了一招，他找了一臺手提收音機放在床邊，我開始拍攝時他就打開收音機，轉到一家音樂頻道，好在放的都是輕音樂，配上女主角的叫床聲，倒也滿像那麼回事的，看來我和阿國的「創業作」很有成功的可能，現在就等最後的結局了。

眼看女主角叫到快要昏過去的感覺，男主角也開始悶哼，這部片子的高潮大結局就要到了！忽然音樂聲停了下來，傳出來人聲唱的「……中廣音樂網……」，我實在忍不住爆笑出聲，阿國起初狠狠瞪我，後來自己也笑得前俯後仰，倒是男、女主角愣住了，光著屁股停了下來，看著已經笑出眼淚的我們兩個人。

# 16

## 天兵做饅頭

口述者：小江，20 歲，部隊伙夫兵

廚房新來了一個伙夫兵，名叫阿昌。

這本來是小事，但這個伙夫兵與眾不同，他是直接從我們這個新兵訓練中心留下來的，也就是說他沒有像別的新兵一樣抽籤分配到全臺灣、甚至外島的部隊，而是一結訓就直接留下來了。

新訓中心也不是不可以自己留一些兵下來，但通常都留最優秀的，而這個阿昌卻是最爛的：被子疊不好，內務檢查從來不及格；出操時左右轉還常搞錯；刺槍時一聲「前進刺——刺」，居然刺刀就飛了出去，差點變成「小李飛刀」要了別人的命；打靶打不到就算了，還拿著有子彈的槍爬起來：「報告班長，啊怎麼打不出來？」槍管對著大家亂指，嚇得全連每個人趴在地上不敢動，幾個班長費了好大力氣才把他「制伏」，他還弄不清楚自己造成什麼危險……這樣的兵不管被哪個部隊抽去，一定「幹譙」死我們了：到底新兵是怎麼訓練的？為了怕丟臉，營長專案呈報指揮官，破例決定把他留下來，自己「用」。

但他有什麼「用」呢？左思右想，只好把他丟到我們伙頭軍來，至少在這裡不會被上級長官看見醜態，而且在廚房也沒什麼機會害死人……就當作另一個打雜的吧！阿昌自己倒不介意，高高興興帶著個人用具，住進了伙房的宿舍。

大家都以為伙夫兵只要煮煮飯菜、不用出操，日子涼快得很，其實根本不是這麼回事，你知道十個人每天要煮五百個人的飯菜是多大工程嗎？炒菜的時候是三個人站在椅子上圍著一個大鍋，手拿著超大鍋鏟、使出吃奶的力氣拚命攪動才能勉強把菜炒熟。煎魚就更厲害了，一個在大鍋這頭把魚沾上麵粉往油裡丟，另一個就在那頭撈，丟的要快、撈的也要快，否則趕不上開飯，但現丟的未必現撈得到，所以有些兵看到桌上的魚像焦炭，有些兵卻吃到裹著麵粉的沙西米……最痛苦的事，則是早上兩、三點就要起來做饅頭，每天都要一千個。

阿昌每次都賴床，少了一個人手大家當然負擔更重，後來在伙夫班長授意之下，聯合修理了他一頓，之後他就不敢賴床了。為了怕起不來，他乾脆不睡，晚上熄燈之後就找人玩紙牌、喝酒，混到三點開始做饅頭，反正白天再找時間補眠就好了。

有一次他卻喝多了，跟他一起揉麵的時候，我還好心提醒他：「你萬一要吐，記得往旁邊吐，千萬不要吐在麵粉上，不然麵粉不夠做一千個饅頭，一定會被抓包，搞不好軍法審判……」

他連連點頭說好，然後就「哇！」的一聲，把前晚豐盛的酒菜殘渣，全部吐在手裡正揉著的麵粉上。

「天啊……完了……」我們幾個揉麵的兵都停了下來，看阿昌知不知道自己惹了什麼禍，他不知是吐醒了還是被嚇醒了，怔怔的看著眼前被吐得五顏六色的麵粉，我和他旁邊的兵，立刻伸手把我們自己的麵粉撥在一起，千萬不能被他連累，大家呆了半刻繼續動作，一邊竊竊私語，猜想阿昌交不出足夠饅頭會被送軍法嗎？至少也得關幾天禁閉吧？禁假那更不用說了，也不是我們幸災樂禍，但他實在太扯了。

我們陸續送饅頭去炊時，阿昌還在那堆「穢物麵粉」前低著頭，大概已經明白自己死定了吧。做完饅頭還要去打豆漿、準備小菜，沒有人再顧得理他，一直到開飯時，值星官向營長敬完禮，一聲：「開動！」五百人一起抓起饅頭就啃，我一邊偷偷注意：好像沒有任何人少了饅頭，那個阿昌「毀掉」的那些麵粉怎麼處理，饅頭又怎麼會夠——啊對了！我想到營部的人除了營長之外，是不跟我們大部隊一起吃飯的，包括副營長及幾個士官和傳令兵，是由我們廚房另外打菜去給他們，而剛剛在大餐廳打菜時，獨獨不見阿昌的身影，莫非……

早餐完畢，收拾好碗筷廚餘，我正要回伙房宿舍補眠，看到胖胖的副營長走過來一邊剔著牙，一邊露出滿意的笑容：「你們早上做的那個花捲味道真不錯！是誰的手藝？以後可以常做，好吃、真是好吃！」

我頻頻點頭，嚇出了一身冷汗，那個死阿昌，他竟敢把自己吐過的麵粉做成花捲給營部吃，真……真的是膽大包天。

# 17

## 幾乎綁架案

口述者：阿龍，29 歲，煙毒、竊盜、詐欺前科犯

我一生做過那麼多壞事，只有這一次最後悔。

都是阿虎害的，沒事居然想去綁架人家的小孩，真的是窮瘋了，像我以前犯案也都是為了錢，啊不過都是小罪，關沒多久就出來了，有時候還會易科罰金，但綁架可不是小罪，我看過報紙上的「法律信箱」，結夥擄人勒索，是有人被判過死刑的！

就算現在的法官一個個都「心太軟」，不太會判死刑，但還是有可能被關一輩子，關到「菊花」都爛掉為止。我拿這些話勸阿虎，他卻笑我沒種。

「你賺那種小錢，還要在監獄裡進進出出的，哪一世才會好過？不如就幹一票大的，這世人吃喝不愁，不會被抓啦！我研究過了，綁有錢人不能綁本人，因為他的老婆雖然會救他，但是會哭哭啼啼的哀說家裡沒錢，把你殺價殺到不像話，沒意沒思！那如果綁有錢人的老婆更沒用，搞不好她老公正想換新的咧！說不定會說我謝謝你，給你一百萬保證她回不來。但是綁小孩就不一樣了，現在小孩都是父母的心肝寶貝，非常捨不得，說要多少給多少，而且因為怕撕票，他們一定不敢報警，啊連警察都不知道，誰來抓我們？拿了錢放人，神不知鬼不覺，我們兩個就一起去大陸過神仙生活了啦！」

我一定是鬼迷心竅，竟然被阿虎這番話說動了，就到附近一間小學，一直等到放學，家長或安親班來把小孩都接走，看守學校大門的替代役也下班了，我們才溜進校園——運氣不錯！有一個大概四、五年級的小鬼一個人還在閒晃，我們二話不說，架起他就往校門口飛奔，直接把他丟進阿虎休旅車的後座。

他倒是一點都不害怕，還笑嘻嘻的，「哇！我剛才好像超人哦！真好玩！」「那你們這輛車是變型金剛嗎？變——」「我也要開，讓我坐前面……」他說著就從後面跳起來跟阿虎搶方向盤，害車子差點撞上安全島。

我狠狠一巴掌打在他頭上，竟然就大聲哇啦哇啦哭了起來，這萬一被人家看到我們車上有個大哭的小孩，一定會被懷疑吧，我趕快安撫他：「不哭不哭，叔叔跟你玩的啦！你不哭了，買麥當勞給你吃好不好？」

他立刻破涕為笑，「我要吃雙層起士堡加雞塊，還有薯條可樂加冰淇淋……」還真敢要，我到處張望麥當勞的招牌時，他卻在後座把幾根安全帶拉來拉去，綁成一團，「看我的超大彈弓！」這個白癡小孩竟然用自己的腦袋發射，狠狠撞在我肚子上……

「靠夭啊！」我舉起手要打他，他馬上做出一副準備嚎啕大哭狀，我只好拿出準備好的膠帶，打算先封住他嘴巴，他卻一翻身跳過椅背，跑到休旅車的行李廂，我想爬爬不過去，伸手抓又抓不到，他卻躲在角落裡。

「嘻嘻！抓不到！來啊！來抓我啊！」

我火大了！叫阿虎停車，下車打開後車廂要抓他，他卻倏地一個箭步從我身邊溜過，煮熟的鴨子怎麼能讓他飛了！我拔腿就追，又要擔心附近有人看到，這小孩卻跑得飛快，我根本追不上，好在阿虎開車從另一頭攔住他，我們兩人費了九牛二虎之力才又制服了他，綁好雙手丟回車裡時，已經汗流浹背，喘氣喘得快窒息了，他卻沒有一絲害怕的神色。

「你們兩個打一個，不公平！好，第一回合算你們贏，再來，ROUND 2！」

他還當我們在跟他玩呢，這小孩是不是有點秀逗？

「小鬼不要鬧了！」阿虎大吼一聲，他才有點嚇到的閉上嘴巴，我四處張望有沒有人注意，「我們不是跟你玩！是綁架你！綁架有沒有聽過？就是要你家人來贖……拿錢換你回去的啦！你家電話幾號？」

「我家沒有電話。」他的回答害我們差點跌倒。

「怎麼可能？現在誰家還窮到沒有電話？」

「真的啊，我爸爸跑了，我媽在北部做工，只有我阿嬤跟我住，她耳朵聽不到，有電話也沒有用，後來沒繳電話費，電話就不能打了。」

我和阿虎面面相覷，本來我想先調查一下哪個學生家裡比較有錢再下手，他卻說那太浪費時間，而且現在這附近一般人家裡環境都還不錯，綁一個小孩要個三五百萬的，他們隨便股票賣一賣、定存解一解就有了，「利潤不高沒關係，風險也低啊，我們就避開放學後有人接送的，比較不容易被發現……」哪曉得「揀來揀去，揀到一個賣龍眼的」，我們綁的這個小孩不但有點智障，還是個過動兒，最慘的是家裡又那麼窮，看來只好放他回去，就當沒這回事，我還是乖乖回去賺小錢好了。

「我不要回家！」沒想到我們想放人，這小鬼還不答應，「我還沒吃麥當勞，如果不讓我吃，我就去告訴警察，你們綁架我！」

# 18

## 是人是鬼？

口述者：洪醫師，男，51 歲

你問我怕不怕鬼？當然怕！如果真的碰到鬼的話。問題是鬼不會自我介紹：「哈囉！我是鬼。」也不會遞一張鬼名片來，往往你只是遇到了你以為的鬼而已。

那是很多年前了，我在臺大當住院醫師，但我們還得輪流支援在花蓮的慈濟醫院，那時還沒有雪山隧道，火車開得很慢票又難買，所以我們大都自己開車。在花蓮下了班，一路走蘇花公路、穿過宜蘭，再由九彎十八拐的北宜公路回到臺北，遠是遠、累是累，但還年輕嘛，想到可以回來見女朋友，精神就特別好。

從臺北開到花蓮那當然不一樣，完全是發配充軍的感覺，不是我不愛盡醫師的天職，只是旅程完全相同的路走起來怎麼如此漫長？看來我也懂了一點愛因斯坦的「相對論」。

有一次剛好是週五下午輪完班，想到可以和女友共度甜蜜的兩天假期，就完全忘了一整天看病、查房、填報告的疲累，啃著病人剛剛偷塞給我的牛肉乾（慈濟醫院不但病人吃素，醫護也不例外，我這個小醫生當然不敢違規，但是「好心」的患者不少），我帶著無比輕快的心情發動車子。

車到北宜公路時天已漸暗了，而且又下起雨來，路上幾乎看不到任何來車，感覺陰沉沉的不是很舒服，而且才剛轉過兩個彎路，就看見路邊飄散的一張張冥紙，據說這條路因為路況險惡，經常發生死亡車禍，因此常有死者家屬在路上撒冥紙祭拜，有些卡車司機也習慣上路前，買一疊冥紙隨處亂撒，向路上的鬼魂祈求行車平安，這不但破壞環境，而且根本是助長迷信……受過高等精英教育的我，對此當然是嗤之以鼻。

但心裡還是不太舒服，感覺有點「衰小」，不是好兆頭。

天色越來越暗，雨也越下越大，我怕路滑不敢開快，而兩邊只有茂密的樹叢、險峻的山壁，偶爾經過一兩間房子也都沒有燈光，忽然——

忽然看見前面路口，有一個穿著白色衣裙的女人，手上好像抱著一個嬰兒，身邊還有一個行李箱，正舉起手攔我的車——媽呀！這是人還是鬼啊？在這麼偏僻荒涼的地方，怎麼可能出現這種畫面？她是從哪裡冒出來的？怎麼會抱著小孩還帶著行李，這樣一個下著大雨的晚上，她要去哪裡？她想幹什麼？

重點是：「她是人是鬼？」這時我發現自己才是真的「迷信」，很想咬牙一踩油門就衝過去不理她，但又怕人家真的是急需援手，畢竟我是以救人為天職的醫師呀！我發過誓的……

天人交戰之後，我終於勉強在她面前煞住車子，我搖下車窗，她說了一句什麼，雨聲太大聽不清楚，我也不敢轉頭看她，只用力的點點頭，打開中控鎖，於是她緩緩開了後車門……

不怕你笑我孬，這時我連頭都不敢抬，怕從照後鏡看見她其實是……不管怎樣，好像過了半世紀那麼長吧，終於聽到後車門「碰！」的一聲關上了，我猛踩油門，加速前進。

我當然不敢跟她講話，她也默默的不作聲，我心想那最好，把她載到新店有公車可搭的地方，就可以擺脫她的「糾纏」，我也不必一路提心吊膽、心臟噗通噗通的開車了。

「哇～～」忽然嬰兒哭了，我直覺的往照後鏡一看，沒有人！那個白衣婦人不見了！她明明帶著小孩上了我的車，我這一路也沒停車，她怎麼可能憑空消失，她一定是……我不敢講那個字，慌張的回頭看了半天，車上確實只剩一個狂哭的嬰兒，難、難、難道是一個女鬼來把小孩託給我嗎？我、我、我全身起了雞皮疙瘩，顫抖著兩手勉強在雨夜中繼續開車。

幸好前面出現了一盞紅燈，是派出所！得救了！我停下車子，打開車門，不顧大雨淋濕全身，一路衝進派出所，對著值班警員慌慌張張，結結巴巴的「報案」，用了好久才說清我的遭遇，「小……小孩還在我車上，你……你看怎麼辦？會……會不會是……？」

這個中年的、有點胖胖的警員站了起來，拉一拉褲帶，臉上沒有一點緊張，反而似笑非笑：「哦——原來就是你哦！」他指指桌上的電話和旁邊一本簿子，「我剛剛接到報案，有一個女的帶著小孩在前面村口攔車，結果有一輛轎車停下來，她剛把小孩放到後座，關上門轉身去拿行李的時候，那個人竟然就倏地一下把車開走，把她小孩載跑了。」

「原來就是你哦～」他手指著我，哈哈大笑了起來。

# 19

## 師生相吐

口述者：小華，14 歲，國二學生

王小明說他要「整」新來的數學老師時，我一點都不相信。

王小明是班長，品學兼優，除了數學比較弱，其他幾乎科科第一名；而且他口才好，什麼辯論比賽、演講比賽，我們班一定是派他代表，他也常得名回來；最重要的是他不驕傲、不「臭屁」，人緣也不錯，所以大家理所當然選他當班長。但這個新來的數學女老師，偏偏特別討厭他，黑亮的頭髮梳成一個髮髻盤在頭上，臉沒擦粉也很白，細細的眉毛像兩把劍一樣斜插在臉上（我沒那麼會掰啦，是王小明說的），再加上高高的顴骨，金邊眼鏡下兩道凌厲的目光，難怪她一進門，好像整間教室都變冷了。

「起立！敬禮！」隨著班長的口令，大家用力喊：「老師好——」

數學老師沒回應，轉身在黑板上寫自己的名字，再回頭時，才赫然發覺大家都還站著：「你們……為什麼不坐下？」

「班長沒有喊坐下。」全班異口同聲，超整齊宏亮的。

「誰是班長？」王小明舉手了，「為什麼不喊坐下？」兩道劍光射向他。

「因為同學們有喊老師好，老師還沒回答。」一句話輕輕打回去。

「你……好，同學好。」老師的聲音像蚊子叫。

王小明的口令像獅子吼，「坐下！」大家乖乖坐下，竊竊私語，還有人偷笑，我看著班長若無其事的臉孔，知道這下兩個人的仇結大了。

果然之後幾乎每堂數學課，老師都找王小明麻煩，簡單的問題絕不問他，困難的問題他即使沒舉手，也故意點他：「班長應該會的。」班長果然不會之後，她就用鼻子「哼」的一聲，「連這個也不會，當什麼班長？」

甚至還常叫他上黑板去演算，那種ＳＩＮ、ＣＯＳ搞不清楚，或是要畫輔助線的三角題，數學原本就不行的王小明往往僵在講臺上，數學老師又補一刀：「人不是光靠一張嘴巴就行了，還是要有真材實料啊，唉唉……」她最後一句應該是想說「哈哈」吧。

班上同學心知肚明，大部分男生挺班長，覺得數學老師是故意為難他，應該照往例「修理」一下（上一次是國一時的班長，帶頭用鉛筆灰抹在講桌上，討人厭的英文老師不知情沾在手上、又抹了自己鼻子下面，變成一個希特勒，讓全班笑個半死，不過班長也被記了一大過，而且被撤職，大家才改選小明）；有的女生卻覺得是班長先給老師「下馬威」，得罪了她沒好處，還是道歉求和比較好……全班就分成鴿派鷹派相持不下。

「不要吵了！」班長很有威嚴的雙手一舉，「我會給她好看的。」全班一陣喧嘩，「但是絕對不會讓我自己被處罰，大家等著瞧吧！」

好幾天全班議論紛紛，不知道班長會使出什麼「絕招」，而和王小明交情算不錯的我則很擔心他的報仇計畫會傷了自己，萬一被記過、操行扣分，也會影響會考的比序呀。

「不會的，我只要利用她的弱點就好。」

「弱點？她除了比較兇，教學是很認真的，哪有什麼弱點？」

「有啊，她不是胃食道逆流，常常乾嘔嗎？有時候上課也發作，還跟大家道歉呢，這就是她唯一的弱點。」

我聽得「霧沙沙」，一點也不懂，直到「那一天」終於到了。

那天數學老師一開始講課，王小明就趴在桌上，發出「嘔～嘔～」的聲音，老師瞪他一眼，「要吐去外面──」話未說完，王小明「嘔──」的一長聲，身體還抖了兩下，然後才抬起頭來，手上拿著一個塑膠袋，裝滿了剛吐出的……食物、廢物？還是穢物？

「噁心死了！」數學老師誇張的捏著鼻子，「趕快拿去外面丟掉！」

王小明搖搖頭，一臉無辜的看著手上滿滿的塑膠袋，「可這是我的早餐耶，丟掉太可惜了，我還是把它吃回去……」就在班上女生的驚呼聲中，王小明竟然把剛吐出來的那一袋嘔吐物，又原原本本倒回嘴巴裡，一臉痛苦的吞嚥著……

「嘔～～」數學老師終於受不了如此噁心的畫面，手扶著牆壁也大口的嘔吐起來，而且這次不是乾嘔，真的嘩啦啦吐了一地。

王小明擦擦嘴，對我眨了一下眼睛，示意我看他抽屜裡藏著的那個「泰山八寶粥」的鐵罐。原來他吐的是……哦，不，他根本沒吐，是他把八寶粥裝在塑膠袋裡，假裝是自己吐出來的，再吃回去給老師看……

20

# 懸疑綁架案

口述者：老張，48 歲，身分不明

我這輩子從來沒想到自己會被綁架。

和傳說中一樣，車子經過南崗工業區，忽然有一輛大型黑色休旅車和我們並排，之後越靠越近，我們還來不及換線，車頭已經被他們擦撞……兩輛車都停下來，對方開了三個車門（除了駕駛座），走下來三個彪形大漢，有手上拿開山刀的、棒球棍的，還有一個我沒看清，是電擊棒吧，不由分說把我拉下車來。

然後，他們對幫我開車的人威脅了幾句，說不准報警否則撕票什麼的，就把我弄進他們車裡，矇上我的眼睛（這也和傳說中一樣），東轉西轉的來到一個聽來就是很偏僻的地方，拉下我的眼罩，好像是在一個很大的鐵皮屋內，他叫我打手機回家要錢。

我說手機放在車上，其中一個人過來「啪！啪！」兩巴掌，打得我頭都暈了，搜遍我的全身，真的沒有手機。

「拿一支王八機給他！」其中一個看起來是帶頭的說，我接過手機，半天不動，「打呀！你找死啊？」打我那個人又兇我。

「我……老婆小孩都不在，打給誰？」

「老婆沒有手機嗎？又騙我！」作勢又要打我，我低頭躲避。

「老婆上午去游泳，不會接手機，小孩在上課……」

「馬的！那打到公司好了。」帶頭的說話了。

「那……那要找誰呢？」

「找你們總經理啊！董事長被綁了，下一個最大的不就總經理嗎？還是你們也趕時髦叫CEO？」三個人笑成一團，好像很以他們見多識廣而得意。

「喂，東大公司嗎？請問方總在嗎？」我畏畏縮縮的說。

「他在開會，你哪位？有什麼事嗎？」總機小姐的回答他們也都聽見了，手機的擴音功能早已打開。

「我……我是老張呀！」

「司機老張？你怎麼還沒到？都快十點了。」

「我……」

「你娘卡好！」我的後腦又狠狠被揍了一拳，「你還冒充司機想騙我！不要說你坐的賓士六○○的車，看看你這身，」他揪起我的西裝領子，「亞曼尼的咧！手上還掛勞力士，口袋上插著萬寶龍，有這麼闊氣的司機嗎？郭台銘也請不起你這種司機吧？」

「哇！皮夾還是dunhill的，我看看，」把我的皮夾拿出來亂抖一通，裡面只有一張身分證、一張健保卡還有兩、三百塊零錢。「幹！連信用卡、提款卡都沒有，難怪說越有錢的人越小氣。」

三個人發火了，開始輪流用球棒和開山刀的刀背打我，我蜷起身子，護住頭部，咬緊下唇盡量忍受痛苦，當初就知道有可能付出代價，沒想到這麼快，而且代價這麼高……

大概打累了，帶頭的又提議說：「不然我們直接押這傢伙去銀行提款。」

「那風險太大吧，還是等他老婆回家。」

「他們公司說不定已經發現不對了，才讓老闆冒充司機，其中一定有問題，說不定有人已經報警了……」

「剛剛應該把那個司機一起留下來的。」

「兩個人更難顧！問題是現在這個不合作……」

他們七嘴八舌，看來也沒有什麼經驗跟計畫，我又不敢告訴他們實情，萬一惱羞成怒，拿不到錢乾脆殺了我，那我豈不是衰死了？

這時那支王八機卻響了，「老張，啊，老張，是你嗎？」我看看他們，帶頭的點點頭，我接過電話，是老婆的聲音，「老張啊，剛剛公司打電話給我，說你用這支手機聯絡他們，才講一句就斷了，怎麼回事啊？你是不是被綁架了？我就跟你說不要貪那點錢、聽你們老闆的，明明知道現在假車禍真綁架那麼多，他還穿夾克自己開車，叫你穿名牌西裝、帶名錶坐後座，那不是擺明了要讓壞人把你當成老闆綁走嗎？你要是被綁了我們拿什麼贖你？小孩要唸書、房屋貸款還沒還清，你真是想不開啊！要是沒什麼事趕快回來，要是你真的被綁架了……」她一口氣說得又快又急，我都來不及插話，正要開口，卻聽到：「……那你也只有自求多福了。」

電話掛了，四周一片寂靜，只有「嘟、嘟、嘟」的電話聲，那三個人看看我，再互相對看一眼，竟然哈哈大笑了起來，不管他們是第幾次出來綁架，綁到司機鐵定是第一次吧！

# 21

## 你看得到我？

口述者：小林，21 歲，替代役

如果不是剛好碰到農曆七月，這件事一定不會發生。

我從小立志當警察，卻考了兩次警察學校都沒考上，於是在當兵時特別報了警察的替代役，這次考上了，雖然穿的制服不一樣，也不能獨自出勤，只能在制服警察後面當跟班，我還是很樂。

尤其是在馬路上把違規的車子攔下來，任憑對方怎樣苦苦哀求，我（其實是我跟的這位波麗士大人啦！）都是鐵面無私的開出紅單，順便還教訓違規的人幾句，感覺自己就像正義的化身，其實是滿過癮的。

雖然大多數時候，我還得兼任我們這位大人的助理、打雜兼跑腿，他常支使我去買菸，要不就是去ATM領錢，有一次還幫他兒子送便當去學校……簡直把我當廉價勞工使用，但我敢怒不敢言，畢竟只有站在他身邊，我才有資格剷奸除惡啊。

只有一點我完全不能認同，就是我這個老大其實很懶，平常不是很勤勞的在街上抓違規，常常到了月底眼看「業績」不夠了，就在凌晨兩三點，帶著我守在一些偏僻的小路旁，專門抓機車「紅燈右轉」！

「生意」好得不得了！試想：本來車子就很少的路，又已經那麼晚了，大部分機車急著回家，看到紅燈雖然亮了前面都沒有車，很自然就右轉了嘛！——這時就聽到我（奉老大之命）「嗶！嗶！」的哨子聲，抓到了！罰款至少六百塊跑不掉。

這時候我卻一點正義的滿足感都沒有，因為我總覺得警察抓違規是為了維持交通順暢、保障用路人安全，但機車在紅燈時右轉其實並沒有妨礙到誰，尤其在這麼晚的時候，大部分都是一些在超商辛苦打工趕著回家的，這樣一抓一罰他今天可能就完全白做了，兔死狐悲，想到我以前也曾是這種苦命被抓的打工族，就忍不住想幫他們求情，但我這小小的替代役當然不敢開口，而老大只要短時間衝夠業績就滿意了，每次用這一招都有效，業績夠了他還會去廟裡謝神呢。

我不想說他迷信，但他也太愛拜廟了，什麼十八王公、五路財神還有四面佛也都拜，尤其農曆七月到了，他還說要去多拜幾場孤魂野鬼好兄弟，叫我買了一大堆冥紙和供品，把整輛警用機車塞得滿滿的，也不怕被人家看到就太丟臉了。

農曆七月第一天，老大又找了一條小路重施故技，準備抓一大票紅燈右轉的機車，結果不知是鬼月大家都不敢出來了還是怎樣，那天竟然等了一個多小時，一件「戰利品」也沒有，我心中暗爽，偷偷的吹口哨，還被他狠狠瞪了一眼。

「嗶！嗶！」忽然哨子響了，是老大吹的，他攔下了一輛機車，上面坐著一男一女，男生有戴安全帽，女的沒有，這下他們死定了！

「你，駕照行照看一下。」老大得意的奸笑（幾乎要笑出來）著。

「請問波麗士大人，我有違規嗎？」那男生還滿乖巧的。

「當然有違規！」老大打起官腔來了，「不然你以為我跟你搭訕啊？妳，沒戴安全帽。」

「我有啊！」男生低下頭，還用手指敲一敲自己的安全帽。

「不是你！是你後面那個女生，沒戴安全帽！」

「警察先生，」那男生一臉迷惑的說，「你不要開玩笑，我一個人騎機車，後面哪有載什麼女生？」

「你胡說八道！你後面明明載著……」

「我真的只有自己一個人，我沒有載人啊！你為什麼要這樣講？」

「還說沒有！你明明……」

老大講到這裡，看那男生仍然一本正經，不像在開玩笑，忽然有些遲疑了，在昏暗的燈光下，他的眼神慢慢掠過機車前座，盯著後座那個長髮披肩的女生。

那女生轉頭過來面無表情，用低沉而緩慢的聲音對著他說：「你……看……得到……我……嗎？」

老大顯然嚇壞了，臉色一陣青一陣白，結結巴巴的說不出話來，用顫抖的手把駕照行照還給那個男生，再用力揮揮手，「走！走開！」那男生如獲大赦，噗噗噗的駕著機車一溜煙的跑了。

沉靜了許久，老大站著不動，我也不敢動（憋笑很傷的！），「你……你有看到後座那個女生嗎？」他終於下定決心問我了。

我趕快用力搖頭，「沒有耶！哪……哪有？」

# 22

## 情婦的臉孔

口述者：梁祕書，女，42 歲

洪小姐從韓國回來了，邱總要求我一定要親自接機。

洪小姐就是邱總夫人，但她嫌被叫夫人太貴氣，叫邱太太又老氣，或許還留戀她以前青春玉女的頭銜吧，堅持所有人叫她洪小姐。

洪小姐在歌壇如日中天時，會突然宣布退出，毅然下嫁邱總，「海內外同胞」無不感到驚訝萬分。因為以洪小姐講感性、唱民歌的「文青」形象，似乎不太可能嫁給銅臭味十足的商人，如果真是豪門就罷了，邱總頂多是土豪；如果真是帥哥也就罷了，邱總卻是又矮又不上相；如果是個才子也說得過去，問題是邱總只有五專機電科畢業，談吐粗俗，除了會賺錢，看不出有什麼才華。

反正就是辦了一場轟動一時的世紀婚禮，能怎麼貴就怎麼貴，能多盛大就多盛大，大家議論一番之後，想想男婚女嫁畢竟是你情我願，那些酸溜溜的風涼話講多了也沒意思，而且洪小姐死心塌地，連媒體採訪也不再接受，一副洗盡鉛華、準備洗手作羹湯的賢淑模樣。

邱總在豪宅裡安排了四個佣人侍候她，洪小姐也沒什麼機會表現她的賢慧，只有偶爾陪邱總出席什麼大場面時，小鳥依人的跟在他身邊，總是用無限柔情與崇拜的眼光看著老公，讓大家覺得還真是一對恩愛夫妻，「看來真愛是沒有任何隔閡的」，一位兩性專家在電視上這樣評論，也有名嘴說邱總以前風流成性，如今娶得如花美眷，可能就此「收山」，也可說是美人招手、浪子回頭了。

言猶在耳，邱總就被水果週刊爆出，帶了一位年輕女藝人去烏來洗溫泉，兩人狀甚親密，一洗三個小時，又共進燭光晚餐，還親吻送別——果然是改不了吃屎（這樣說自己老闆真不好意思，但的確如此）。雖然兩邊事後都辯解只是普通朋友，晚餐是說公事，溫泉也是各洗各的大眾池，但只要十歲以上的小孩都不會相信吧；媒體沸沸揚揚，名嘴幸災樂禍，有些算命占卜的放馬後炮說早就看出來了……

這些都不重要，做為邱總多年的隨身祕書，我只擔心洪小姐的反應：痛哭？憤怒？要求離婚？可能這回邱總又要「破財消災」了——他上一次離婚也是如此，自己說好像被前妻割掉了一條大腿肉。

不料洪小姐異常平靜，不吵不鬧，只跟我要了一張邱總緋聞對象那女藝人的照片，還裝框放在床頭，整天怔怔的看著那巧笑倩兮的美女（老實說她的確比洪小姐年輕漂亮，這也是邱總一貫作風），我心想她會不會是想下什麼符咒，或是拿針刺對方照片……這些報復行為，但都沒有，只說想去韓國一趟。

邱總當然喜出望外，新婚妻子沒有因他亂搞而吵鬧已是萬幸，想出國散散心更是理所當然，當下叫我買了頭等艙機票，送上一張無限卡的副卡，親自送洪小姐上了往首爾的飛機。

倒是那個緋聞女藝人，藉此機會還上了不少節目，比以前稍微紅了一些，不過可能是經紀公司警告，就沒看到她再跟邱總聯絡、出雙入對了。反正邱總身邊不愁沒有自動送上門的女生，酒店、舞廳裡也多的是等著叫「邱把拔」的小姐。洪小姐不在，邱總更是如魚得水，大概是因為他已對洪小姐發誓痛改前非，所以要趁她回國之前玩個夠，好好的「匪類」一番。

洪小姐在韓國待了整整兩個月才回來，邱總決定盛大歡迎，包了一家飯店的頂樓餐廳，插了９９９朵玫瑰，還請了現場樂隊，準備好「香檳王」，等我去機場接洪小姐回來。

洪小姐戴著帽子、墨鏡和口罩，要不是她的衣服眼熟，我還差點認不出來。我說邱總等著歡迎她，她點點頭，不發一語，上了邱總的賓利轎車，直奔飯店，我坐在司機旁邊不敢多話，但總覺得空氣怪怪的，不知道哪裡不對。

把洪小姐送到滿臉笑容的邱總面前，我正如釋重負的轉身離開，忽然聽見一聲慘叫——是邱總。他面對著拿下帽子、墨鏡和口罩的洪小姐，赫然驚見她把自己整形成那個緋聞女藝人的樣子，幾乎是一模一樣，若不是身材高矮有差，連我都以為接來的是那個女藝人而不是洪小姐。

只聽見她幽幽的對邱總說：「你不是喜歡這種樣子嗎？我就變成這個樣子給你看，滿意嗎？」

# 23

## 王排的祕密

口述者：黃班長，26 歲，陸軍士官

王排長最喜歡訓話，一次可以長達三十分鐘。

晚點名「我愛中華……」唱完了，各排都解散準備就寢，大家打電話的、吃泡麵的、閒扯淡的……抓緊新兵訓練中心裡面，一天中少有的自由時間。只有我們這一排還得留下來聽王排長訓話，總之千叮嚀萬囑咐我們現在是軍人，身分跟以前不一樣，除了在軍中嚴守紀律，放假外出時也不能亂來，否則軍法審判很嚴厲的（那時洪仲丘案還沒發生），一失足成千古恨，大家千萬要引以為戒。

老是這一套東西，別說我這個班長，連小兵都快會背了。尤其每到放假前夕，王排長更是耳提面命，叫大家不要出入不正當場所，更不要亂上什麼交友網站，總之一句話，「戒色」就對了。

阿兵哥才聽不下去呢，一出營區大門就忙著上計程車，不是急著回家或到臺南去玩，而是直奔部隊兩公里外的一家「龍祥大旅社」——聽到這個名字就知道是舊舊、遜遜的旅館，重點是它每一個房間裡都有一個小姐，也就是所謂的「一樓一鳳」啦。主要客源除了臺南附近的「羅漢腳」，最大宗當然是我們新兵訓練中心這些「飢渴」的阿兵哥了。

雖然指揮官三令五申不許任何官士兵去，各級長官也再三交代大家絕不可去，全體官兵也信誓旦旦沒有人去，但有一次演習行軍，部隊分成兩列，在馬路兩邊前進，剛走到龍祥大旅社前，上面的窗戶就紛紛打開：

「張排，來坐啦！」

「小鄭，好久沒來了！」

「李班長，有沒有想我？」

一陣陣鶯聲燕語，搞得部隊隊形大亂，有人羞紅了臉，有人低頭疾走，我看狀況不妙，立刻吹響哨子：「部隊注意！跑步——走！」這才狼狽萬分的脫離現場，我驚魂未定的回頭看看王排長，他沒有在意我的越權，反而露出嘉許的眼光，讓我鬆了一口氣。

以後他還是照樣訓話，大家也還是照樣陽奉陰違，反正出了營區大門，只要不被憲兵逮到，誰管你幹什麼去？有一次放探親假七天，隔壁連兩個留守的班長，過來找也是留守的我。

「走！」

「去哪？」

「龍祥啊！」

「好嗎？……」

「好得很！現在兵都回家了，不趁這個時候去，我們哪有機會？」

說得有道理！我們三人換上便服，出了營門（當然有把任務交接好），火速搭上計程車到龍祥大旅社，果然冷冷清清的……這下可以精挑細選一番了。她們看我們三個下了車，就像狼群看到羔羊般的一哄而上，拋媚眼的拋媚眼、擠奶的擠奶、搖屁股的搖屁股，有的就直接「手來腳來」，我們三個招架不住，趕緊隨手各抓了一個女的，正要上樓，卻看見一對男女，手挽著手從樓上下來。

是王排長！我立刻把臉別過去，隔壁的班長卻是大白目，居然還停下來行舉手禮，大喊：「王排長好！」把王排長嚇得差點從樓梯上摔下來，而且也就看到我了。

他慌忙甩開旁邊的女生，堆出一臉的假笑：「我是奉命，奉命來視察的……」我們三個都接不下去，只能張大嘴巴聽他繼續說：「來看看有沒有新兵不懂事，跑到這裡來，怕他們上當……」我們還是不知道說什麼好，手邊的三個女生悄悄先上了樓，「或是得病什麼的，你們知道，這種地方……家長把孩子交給我們，我們就有義務保護他們是不是？」

我們三個只能拚命點頭，心想剛付的錢是白花了，今天運氣真背，卻聽到王排長又說：「但是我們幹部嘛，不一樣，我們有社會歷練，懂得保護自己……」我們的眼光開始轉亮，「偶爾來紓解一下身心，也……也不是什麼壞事對不對？大家心照不宣。」他把最後四個字說得很用力，我們三人點頭更用力，「那你們就請便囉。因為我這是上級交辦的祕密任務，所以你們回去不要跟任何人講，懂不懂？」

「是！排長！」我們三個一起立正回應。

「噓……小聲點，去吧！去吧！」

我們如獲大赦的往樓上走，卻看見剛剛被王排長甩開的那位小姐，又像口香糖般黏了上去，嬌聲嗲氣：「老公——不管啦，你不是說還要加一場玩三P嗎？來，我幫你挑一個最辣的。」

我忍不住笑了出來，被另外兩人各自踢了一腳。

# 24

## 得／不得好死

口述者：吳小姐，36 歲，吳ＸＸ慈善基金會執行長

二十年前我阿嬤還活著的時候，常說我阿公會「不得好死」。

原本我很驚訝阿嬤會用這麼惡毒的話來罵阿公，因為他們兩人感情並不差，雖然阿公陸續娶了好幾房，但阿嬤的大房地位畢竟不動如山，她還替阿公講話：「啊他的事業那麼大、那麼多，需要很多個小孩來繼承，叫我一個人生那麼多太辛苦了，所以找幾個來幫忙生，這樣很合理，我也卡輕鬆啊！」

阿公的底下各房、還有各房的小孩也都很尊重阿嬤，逢年過節碰到都畢恭畢敬，反而我這個小孫女對她最沒大沒小，她偏偏最疼我，大概是在吃齋唸佛的清淡日子中，我是唯一會給她帶來一些新奇和歡笑的。

但我還是不理解為何要詛咒自己老公「不得好死」，我故意笑鬧著追問原因：「是不是阿公有瞞著妳亂來？」「還是妳問了哪個胡說八道的老師？」「阿公看起來很健康啊，還是只有妳知道……」

阿嬤總是笑笑不回答，要我小孩子別亂講話，人的命是注定的，生在怎樣的家庭就會有怎樣的命。

「那女生呢？女生出嫁可以換一個家！」

「不是換家，是進入別人的家，那就是跟別人的命。」

我怎麼講也講不過阿嬤，她雖然只有在日本時代讀過小學，卻好像什麼都懂，有一次媒體批評阿公年紀那麼大了還拚命擴充事業版圖，根本是死愛錢貪得無厭。

「黑白講！妳阿公哪有愛錢？妳看他平常有在花什麼錢嗎？」阿嬤躺在病床上生

氣的說。

那倒是真的。除了幾套定做的西裝是「場面」上需要，阿公的皮鞋好像也只有兩雙，手上的經典勞力士還是他父親留下的，皮帶都起毛邊了，他真的不愛花錢，那幹嘛拚命賺錢呢？

「他是愛贏，在商場上打敗別人，就是他最大的快樂啦！」阿嬤說出阿公這個「祕密」不到兩天，就在睡夢中安祥辭世了，原先只是例行的健康檢查，也沒查出什麼毛病，卻在檢查未完時就毫無痛苦的走了，這應該算「好死」吧？

家族中人也都說阿嬤好命，活到八十歲身體硬朗，沒病沒痛，現在又說走就走，應該是長年吃齋念佛積的功德，所以在幫她辦喪事時都沒什麼難過之情，只有我愁眉不展、憂心忡忡被人發現了，問我當然不說，總不能告訴人家我在擔心阿公「不得好死」。

有一次我陪阿公去祭拜阿嬤的墳墓，阿公看著墓園前遠方的海水有感而發：「妳阿嬤很好命，說走就走，都沒有艱苦到。」還不等我附和，他又說：「我可能就沒那個福氣了。」神色黯然，也顧不得我在旁驚訝的表情，沒想到這件事他竟然和阿嬤想得一模一樣。

「怎麼會？阿公你……」

不待我說完就被打斷了，「妳以後就知道了。」

才過不到半年吧，我收到阿公的病危通知，匆匆趕到醫院，各房的「大人」已經聚集在急診室外面。

「早上開會還好好的，怎麼會……」

「應該是心肌梗塞，沒救了。」

「唉，太快了，實在太快了。」

我一面難過的掉淚，一面也為阿公能「好死」而略略慶幸著，阿嬤幾乎說什麼都對，但這一次她總算錯了，錯了，錯得好！

接下來「大人」們就該商量葬禮怎麼辦了，這麼大的事業主當然要越隆重越風光越好，不過我覺得那都是辦給活人看的「虛榮」，我慶幸的是阿嬤很快就有伴了，有阿公陪她一起看海……

但整個醫院原本喧嘩的聲音忽然降低了下來，變成無數個角落的竊竊私語，好像大家在密謀什麼事情……阿公的「遺體」很快被轉到加護病房（難道有救？還是因為這是自己家族事業的醫院，不管有救沒救都要表示表示？），幾個穿白袍的醫生進去了，病房的窗簾被拉上，其他家屬、部屬全部被擋在外面，應該是死馬當活馬醫（抱歉阿公，說你是馬，其實你常說自己是牛）的急救吧，只見穿白袍的人進進出出，絡繹不絕，而「大人」們幾乎都走光了，如果有機會救回來，他們不是應該在現場等候才對嗎？

只有我無處可去，站得腳痠了半蹲下來，卻從病房窗簾的縫隙看到：他們在給阿公做CPR！已經「沒救」那麼久了還在做CPR，即使不懂醫學的我也知道：這樣只是「假裝維持」阿公還沒有過世的假象，一切都是為了……

「對對，你趕緊處理。」唯一還留在現場的一個大人壓低了聲音講手機，「爸爸忽然這樣走了，遺產稅要繳很重，有可能到五十%，所以現在叫全醫院的醫生輪流做CPR，無論如何不能讓他真的死掉，只要在醫生正式宣布死亡之前，我們把資產盡量處分掉，遺產稅就可能扣不到，對，大家加油！我在這裡看著，一定不讓爸爸死掉……」

原來阿嬤說阿公會「不得好死」是這個原因，我終於懂了，也哭了。

# 25

## 郭董的遺願

口述者：廖律師，男，51 歲

郭董死了，這不算新聞，因為他已經纏綿病榻好多年了。

從醫生宣布他得了不治之症開始，他原本遍布各地的兒子們，紛紛從加拿大、英國、澳洲和中國趕了回來，名義上說是要照顧臨終的老爸，實際上是怕沒分到遺產。

董娘早兩年就過身了，郭董也沒像別人那樣，再娶一個年輕美女，再生幾個小兒小女，而且郭董一生行事嚴謹，應該不會冒出什麼女人自稱為他生了小孩，也就是說，郭董的五億身家，應該是四個兒子都可以順利分到——除非他特別立了遺囑。

第一種可能是他大慈大悲，把財產都捐贈出去，一毛錢都不留給小孩，不過郭董畢竟不是巴菲特或比爾蓋茲，也沒聽過他生前做過什麼好事、參加過什麼宗教團體，這個風險應該很小。

第二種可能是郭董偏心，特別鍾愛其中一個小孩，把財產全部給了他，這麼一來可能就聽不到兒子們的哭聲，而是吵架打架的爭執聲了。不過我這位律師的存在就是為了避免這種憾事發生，縱然郭董的財產全給小兒子好了（只有這一位繼承家業，在中國管理他的工廠），其他三個兒子還是有「應留分」可拿，例如五億除以四是一億兩千五百萬，那麼在遺囑中完全沒分到錢的，還是有一億兩千五百萬的一半，也就是六千兩百五十萬可拿——他們當然會覺得不滿足、不甘心，那也沒辦法，還應該慶幸郭董沒有在生前就把所有的錢餽贈給小兒子呢！

第三種可能是郭董留了遺囑，但清算之後，他的負債卻比遺產還多，那麼這些大老遠跑回來的兒子們，可得先忙著去政府機關「放棄繼承」才行，好在民法已經修改，就算負債多於遺產，把財產都扣完之後，至少不必「父債子還」，只怕在另一個世界的郭董耳根會不得清靜，兒子們要「詛咒」他滿久的。

好在這些可能性都不存在了，我當著他四個兒子，在郭董的辦公室打開他的遺囑時，大家清清楚楚看到：除了在中國那間沒賺什麼錢的工廠留給小兒子，其他資產已經全部處分完畢，剛好是五億臺幣，每個兒子各得一億。

「不對啊！那還有一億呢？」

「難道爸爸在外面……」

「不可能，一定哪裡搞錯了，廖律師……」

「工廠給老么我們ＯＫ，剩下的每人一億兩千五百萬，這很好算嘛！怎麼會只有一億？」

四個兒子七嘴八舌，直到我給他們看遺囑最後一條才靜了下來，原來還有一億現金，郭董要求「陪葬」，要跟他一起到天國去，供他在那邊享用……

「豈有此理！死人又不會用錢！」

「要錢花，我們燒多少紙錢給他都可以，怎麼能……」

「都什麼時代了，還有人拿現金陪葬的，老頑固！」

「廖律師，他這樣合法嗎？要不要看看……」

我兩手一攤，告訴他們遺囑上白紙黑字寫得清清楚楚，我在領了四億各分每個兒子一億之後，就要再領一億放入郭董事先訂好的檜木棺材裡，親自監督，人錢一體下葬之後，才算「完成任務」。

「這是什麼鬼主意？我不接受！」

「我也不接受！這根本是糟蹋錢嘛！」

「傳出去會被人笑死，說我爸爸死要錢！」

「老爸對我們有什麼不滿嗎？這樣整自己的兒子……」

在兒子們七嘴八舌之間，這個重大消息已經「走漏」了，電視新聞開始出現「郭ＸＸ遺囑／死後一億元陪葬」的跑馬燈，晚報也上了頭條，幾家電視臺甚至連ＳＮＧ車都開了出來……四個兒子一哄而散，只留下我在現場對著一堆麥克風：「我相信郭董這樣做一定有他的用心在，做為執行遺囑的律師，我有權利也有責任遵照他的遺願……」

告別式那天終於到了！二殯門口停滿了SNG車，好事的記者被保安擋在「景行廳」門外，親友們列隊瞻仰遺容之後，大家好奇的留下來，要看看「傳說中」的一億現鈔何時要放進郭董的棺木……門外攝影機的長鏡頭一個個對了過來。

四兄弟帶著無限哀戚的神情，圍繞在棺木四周，靜默了許久，才由老大在西裝口袋掏出了一張，一張抬頭是郭董，面額一億元的臺銀支票，放在遺體胸前（臺銀支票視同現金，但既然沒人來領，最後四兄弟還是可以拿得回來），全場大嘩，議論紛紛，鎂光燈閃個不停，沒有人注意到我臉上微微的笑：能想出這個絕佳主意，這多出來的一億，我只抽兩成應該是很合理的吧！

# 26

## 院長與夫人

口述者：沈醫師，女，30 歲

院長和院長夫人的感情有夠好。

應該說不只是恩愛而已，簡直就是你儂我儂，院長夫人出現在醫院的機會當然不多，只在每次有重大活動時，就看見他們倆人緊緊勾著手臂，或兩手牽著十指交扣，院長夫人嬌小的身軀依偎著高大挺拔的院長，兩眼總是用無限崇拜的眼光看著他，而院長也不時回以深情的注視，小心翼翼像怕碰破雞蛋似的呵護著她。

兩個人講起話來也是一口一個 Honey 一個 Darling，別說那些老醫生聽不慣，連我們這些年輕醫生也覺得有一點，呃，肉麻，只有那些小護士最欣賞他們這一對「賢伉儷」了，老是在後面嘰嘰喳喳的說什麼郎才女貌好速配、結婚那麼多年還那麼親密好難得；誰說男人不可靠，像我們院長這樣就是最標準的；院長夫人也很棒啊又賢慧又溫柔又一往情深……

我實在聽不下去了，但也沒話可以堵她們的嘴，不管人前人後，大家看到的都是這一幕和樂融融的景象啊，就連要上車，院長也用手掌輕護著夫人的頭頂，以免撞到窗沿，真的是「惜命命」，沒話講。

因此這回院長夫人要動手術，就成了本院建院三十年以來的大事，雖然只是割個簡單的子宮肌瘤，但幾乎各科主任都出動了，後面還跟著大大小小的總醫師、住院醫生、主治醫生、實習醫生……當然不需要那麼多人動手，但大家一定要來表示關心啊。

院長夫人躺在推床上，院長的大手輕撫著她的小臉：「Honey 不要怕，雖然我不能親自幫妳手術，但幫妳開刀的兩位都是本院的大國手，一定會很輕鬆、很順利，妳還沒有什麼感覺就完成了。」

夫人伸手按住院長的手：「Darling 難為你了，其實這也不是什麼大手術，多虧你這麼盡心盡力的照顧我，實在是太感謝了。」

當場不知道有多少人跟我一樣起了雞皮疙瘩，回頭卻看見幾個小護士在拭著眼角，還真被感動得流淚了呢。

手術當然一切順利，兩位大醫師完成了重任，就囑咐我和另一名小醫生，還有幾個護士，等院長夫人麻醉退了再通知他們，然後再請院長來「驗收」就大功告成了。

「XXX，你不是好東西！」忽然在病房聽到院長名字，大家都嚇了一跳，而且還是在罵他，「你在眾人面前裝得對我那麼恩愛，以為這樣就可以騙過我嗎？」

大家東張西望，才發現是院長夫人半閉著眼睛在講話。

「當初你還不是貪圖我們家有錢，才拚了老命來追我的嗎？」我心想糟糕，院長夫人正在退麻醉，她現在會把真心話統統講出來，「要不是老娘，你今天能開一家這麼大的醫院？呸！」

粗鄙的口吻和平日的娟秀賢淑大不相同，別說那些目瞪口呆的小護士，我們也大感意外，沒想到院長夫人還有這真實的一面，「表面上假意恩愛，其實你跟誰亂搞，我都清楚得很！」

這下糟了，護士們紛紛後退，假裝忙著別的事情，我和另一位醫生都想掩住耳朵，免得再聽下去更加不堪。

「祕書你要、護士你要、連櫃檯小姐你也要，你根本是一隻種豬……」實在聽不下去了，我們兩個小醫生顧不得那麼多，只好採取非常手段，「總有一天老娘要跟你算這個總帳……」

「啪！啪！」兩下，左右各一個清脆的耳光，院長夫人醒過來了，一臉茫然的看著我們，「哦，手術完成了，謝謝你們大家哦，辛苦了，怎麼沒看到院長呢？」

說人人到，不待我們去通報，院長像算好時間似的，帶著兩位動刀的大醫師進來了，「Honey 妳醒了？還好吧？我就跟妳說一切沒問題的。」

「當然啦 Darling，有你在，我還有什麼怕的？也謝謝兩位大國手囉！」

兩位大醫師紛紛回答：「不敢當。」

院長說：「怎麼退麻醉這麼久？害我有點擔心呢，才特別提早跑來看看，我沒來晚吧？」

「沒有沒有，來得剛剛好，我也才剛醒來……」

「來得真是剛好啊，要不然……」我在心裡OS著，看看剛剛在場的醫生和護士們，大家想的一定跟我一模一樣吧！

# 27

## 正直的法官

口述者：季小姐，48 歲，法院書記官

丁法官是我們所見過的，最正直清廉的法官，大部分法官都不免有些風風雨雨，尤其在法院門口開了一家「法外情」咖啡廳之後，好像在暗示（甚至已經是明示）法律不外乎人情，什麼事情都可以商量。

法官確實很好商量，因為收賄罪的條件是「違背職務」，可是法官審案，例如甲乙兩方打官司，法官總要判一方贏的，而打官司的人沒把握會贏，就會主動或被動的經過「白手套」來送錢，例如甲方送了錢，而法官本來也就是要判甲方贏的，所以完全沒有「違背職務」，這個錢送得順利收得安心，而送錢的人既然贏了官司，當然一句話也不會說，心裡還慶幸「幸好有送錢才贏了官司」。

總之「銀貨兩訖」，基本上是不會出什麼事的。會出事的，都是拿了錢不辦事，收錢還判人家輸，當然敗方會不甘心，一火大鬧將起來，於是司法這個「皇后的貞操」又被拿出來讓大家踐踏一番……但這樣的狀況隨著各方運作的「技巧」越來越成熟，已經很少再出現了。

只是院長有時候還是忍不住，在法官們都到齊時開罵：「我知道你們有本事開進口名車，那也是你們的權利，但你們不能停在法院附近再走路進來嗎？一定要大剌剌一輛輛停在法院停車場，怕人家看不出你們都是很好商量的嗎？」

每當這時，大部分法官會低下頭去，或故意看別的方向，只有丁法官抬頭挺胸不為所動，因為誰都知道，他是搭公車來上班的。

丁法官豈止不收錢，也不收禮，有人千方百計打聽到他家送水果過去，開庭那天就會看見他把快要發臭的水果禮盒拿出來，當庭退給當事人——但他也不會因此判送禮的人輸，反正該怎麼判就怎麼判，因此案子只要落在他手裡，那幾個常在法院出入的「白手套」都紛紛搖頭，一致勸大家不要動歪腦筋，乖乖等結果碰運氣。他也是我在法院二十年最佩服的人，除了一件事。

這樣好的法官卻忽然腦溢血走了！

大家固然難過不捨，但老實說有不少人也鬆了一口氣。所以法院幫他辦公祭那天，真的是所有該到的人都到了，說是冠蓋雲集、哀榮備至也不為過吧！可見得世間還是有公理的，平常最不會跟人家結交應酬的法官，過世時卻有那麼多人前來追悼他，我覺得丁法官這一生也值了。

但也出現了不該出現的人。

一名中年婦人，帶著兩個小孩前來行禮，不是家屬，也不是法院有關的人，那到底是……一身黑衣、哭得兩眼通紅的法官太太上前探問，對方居然說是丁法官的太太，那兩個小孩也是他的。

頓時全場譁然！大家面面相覷，法官太太則已激動得歇斯底里：「不可能！絕對不可能！我先生丁法官這輩子每天上班下班，準時回家，從來沒有在外面過夜，唯一一次出國也是帶我一起去的，他根本不可能、也沒機會在外面有一個女人，更不要說生兩個小孩我都不知道了！這個人一定是騙子！大騙子！」

那婦人默不作聲，只緊緊抓著兩個一臉茫然的小孩，在場的人紛紛上前打圓場，什麼有話好好說，什麼一定是誤會，什麼不要緊張很容易查明，連驗ＤＮＡ都有人提出來了。

基本上大家都相信法官太太的話，以丁法官的奉公守法、兢兢業業，他實在是沒什麼經營「小三」的空間，更別說在外面生兩個孩子了……大家七嘴八舌，卻也不知如何是好，我歎口氣，只好過去對那婦人使個眼色，她沉重的點點頭，帶著兩個小孩離開了。

只有我知道：從不外宿的丁法官在法院旁邊租了一間公寓，每天中午的用餐休息時間他就到這裡來，和那個「小三」在一起，一晃十幾年，雖然每天相聚時間不過一個多小時，卻也陸續生了兩個小孩，「一家人」，呃，應該說是兩家人相安無事，直到他忽然過世，才有今天這個尷尬局面出現。

現在真正頭痛的是我：那間「愛巢」是丁法官苦苦拜託我幫他租的，每個月的房租也是我跟他拿錢去繳的，我更是全法院唯一知情的人，但我要怎麼跟「正牌」的法官太太解釋呢？

28

# 那一隻襪子

口述者：曾先生，37 歲，上班族

一整個下午，Jason 很變態的在看全公司每個人的腳。

如果是看女生的就算了，那叫好色，但他一直在看男生，所以說他變態，有時候甚至還去掀起人家褲管，「你神經病啊？」一腳踢過去，Jason 卻滿臉笑容，叫我到茶水間去，說是有重要事情。

「你個臭小子會有什麼重要事？說！」我跟他很熟，毫不客氣，「是不是愛上我的香港腳了？」

「不是腳，是襪子，你的襪子是鱷魚牌的對不對？」

「對啊，你喜歡，自己不會去買？」

「買……對啊，就是想跟你買你現在腳上穿的這一雙。」

我一聽嚇得後退三步，這傢伙是愛上我了？還是有戀物癖？哪有正常人會出錢買人家腳上穿的襪子？莫非他最近工作壓力太大……

Jason 看我一臉狐疑加上驚恐，歎口氣，只好老實招認：原來是已婚的他最近交了一個小三，是同一棟樓的年輕ＯＬ，本來是吃飯時剛好併桌，後來聊起來覺得滿投緣的，後來就常ＬＩＮＥ些曖昧的話，再後來當然就……

「好小子！在哪裡上的？」

「就我們內科旁唯一那家摩鐵啊，設備還不錯！」

「厚！吃好也不會道相報，也介紹一個給我。」我用力捶他一拳，「話說回來，你老婆不是管很嚴嗎？你還敢？」

「嚴官府出厚賊啊，我很小心，連洗澡都不敢用沐浴乳，事後穿衣服也要再三檢查，免得內衣或內褲穿反了被逮，她也很體貼，還會幫我檢查頭髮、口紅印什麼的，小心駛得萬年船嘛……」

聽得我又羨又妒，當然不會有好臉色；「那關我襪子屁事！」

原來他今天中午「完事」之後，著裝時卻有一隻襪子找不到，翻遍了整間摩鐵，「上窮碧落下黃泉」都找不到。

「哈哈，你死定了，你家衣服不是都你老婆洗的嗎？」我幸災樂禍，「不會去買一雙新的就好了？」

他說不行啊，忽然買一雙新襪更可疑，而且舊的到哪去了也很難交代，想來想去，只有找一隻同品牌的舊襪子才能過關……

「所以你整個下午在辦公室看人家的腳，就為了找跟你同品牌的襪子？」我恍然大悟，「結果只有我跟你一樣穿鱷魚牌？」

「對啊，幸好是自己兄弟，不然我還不知道要怎麼開口，拜託拜託，你襪子脫下來給我，大恩大德，感激不盡……」

嘴巴感謝有什麼用？我不乘機敲詐一番還待何時？結果他答應請吃快炒喝啤酒，

客人不限隨我邀，之後再加上錢櫃KTV歡唱……「再加上現金一千塊，你可以去買兩雙新的！」

看來他真的很怕東窗事發，而我也沒什麼損失，頂多不穿襪子幾小時而已，而且還可以讓他欠下一份人情，得到一個朋友俠義的美名……沒話說，我把襪子脫下來交給頻頻道謝的他。

當天晚上跟老同學聚會，我就把這件事當笑話講給大家聽，（當然沒提Jason的名字，只說是我同事），大家聽了也哈哈大笑，嘖嘖稱奇，有人說我夠義氣，更多人說他夠機靈。

第二天上班，Jason不但遲到，臉上還有一塊瘀青，整個表情就像死了阿嬤似的（這個比喻不太好，但認識他以來也只有上次他阿嬤往生時，他才有這種沮喪、憂愁又悲傷的神情），這下換我拉他到茶水間「密談」。

「怎樣？有過關嗎？那隻襪子？」

他哭喪著臉說，昨天下班前他先把自己剩下的那隻襪子丟掉，再穿上我跟他同牌的那兩隻舊襪子，如釋重負的回到家，洗澡前把衣服和那兩隻襪子都放入洗衣籃，正一邊淋浴一邊高唱著〈船歌〉：「喂～～」

「李傑生你給我出來！」河東獅吼，嚇得他連身體都沒擦，也沒圍條浴巾就衝了出來。

「怎樣？怎樣？什麼事？」

「你說！你瞞著我做了什麼壞事？」開庭審判了。

Jason瞟一眼洗衣籃裡我那兩隻襪子，強作鎮定，「沒有啊。」

「沒有？還說沒有？你的襪子呢？」檢察官質問。

「襪子在那裡，兩隻，好好的，妳沒看到嗎？」Jason暗中吁了一口氣，慶幸自己沒被套出話來。

「兩隻在那裡，好，」太太咬牙切齒的從手上Jason的長褲褲檔裡，掏出了另一隻鱷魚牌的襪子，「那這一隻又是哪裡來的？」

原來他在摩鐵裡，匆忙把襪子脫在長褲褲檔裡了，所以才遍尋不著，卻又很「聰明」的穿了一雙回家，真是悲劇呀悲劇。

# 29

## 夢遊仙境

口述者：曾先生，43 歲，貿易公司負責人

已經七點多了，偌大的辦公室裡，只剩下我和Alice。

Alice是我的祕書，或者叫特助也可以吧，同事們則開玩笑說她是我的貼身丫鬟，換句話說，如果我是柯P，她就是蔡璧如，不同的是，我倆比他們倆年輕多了，而且……而且我多年來一直是在「肖想」Alice的。

她長得不錯、五官清純，身材卻很火辣，一樣是OL平常的套裝穿在她身上，就有一股「呼之欲出」的魅力。而且她也很香，每次離我很近時，一陣陣的芬芳，如果我沒猜錯應該是香奈兒5號吧，不由得激起我的反應。雖然我嚴令禁止辦公室戀情，但老闆和貼身女祕書本來就很親密，搞點小曖昧應該也不為過吧……

幾年來我也有意無意的挑逗她，動作不敢太親暱，頂多拍拍背、扶扶肩，辦公室裡的眼睛可多呢！別以為他（她）們都死盯著電腦螢幕，有一次我手在她腰上扶了一下，不久就在茶水間聽到幾個年輕美眉議論紛紛，還打賭我和她到底有沒有怎樣……

真有怎樣就好了！這個Alice分寸拿捏得極好，雖然講話嗲聲嗲氣的（這也是我用她來對付客戶的一招！），但從不會逾矩的說些什麼有顏色的雙關語，不像那些美眉，有時候看到我換了新領帶，還會說：「哦！老闆今天這條比較大哦！」嘻嘻哈哈，我也不以為意，年紀可以當女兒的小丫頭我沒興趣，真正的極品是Alice這種輕熟女，有時我因公指責她兩句，她會斜眼瞪我一下，另一隻眼睛卻被瀏海蓋住，真是風情萬種！

可是除了公務，她從不跟我私下相處，約她吃飯喝咖啡，就先問：「有事嗎？」

如果沒有公事，她一定推拖，要不就找一、兩個同事一起來，讓我完全沒有進行下一步的機會，恨得我牙癢癢。但她確實能幹、賣力，放在眼前至少賞心悅目，所以能一直跟在我身邊。

只是今天的她有點不太一樣，雖然身上還是平常的外套，卻被我瞄見裡面是黑色細肩帶小禮服，腳上也由粗跟鞋換成細高跟，臉妝比平常稍稍濃一點，難道是晚上要參加什麼PARTY？

但現在公司裡人已走光了，只有她留下來陪我加班，我叫她可以先走，她卻說不必，我趕她，她卻說：「哎喲，人家喜歡留下來陪你嘛！」聽得我都酥麻了，實在不太像她平常的口吻，而且表面上是加班，其實更像在監視我，特別注意我打的電話。

「James你沒跟人家約吃飯吧？」居然叫我的名字而不是平常中規中矩的Boss，她今天到底怎麼了？「你等一下的時間要留給我哦。」

問她為什麼？有事嗎？她又一隻眼睛斜過來，卻不是瞪我，更像是拋媚眼，「不管啦，反正你今天晚上不許走……」

聽得我龍心大喜，難道我長久以來的暗示、明示終於成功，還是她最近芳心寂寞改變初衷？我開始遐想應該帶她去哪裡晚餐再去哪個摩鐵，還是洗溫泉好了感覺比較不那麼直接，或者不要夜長夢多，乾脆就在辦公室裡解決，地板太冰、桌子太硬、貴賓室那張沙發或許可以派上用場，希望她不會覺得太草率……

這時卻看見她脫下外套，裡面果然是酥胸微露的小禮服，綴著銀閃閃的項鍊，還在我辦公桌前彎下身子，「James，你來一下會議室，ＯＫ？」

當然嘛ＯＫ，她一邊搖擺著俏麗的臀部往會議室走，一邊關掉沿路的燈，整個辦公室裡就只剩下電腦螢幕上微弱的藍光……

這太清楚了！如果這不叫勾引還有什麼叫勾引？眼看她已走進一片漆黑的會議室，我連忙起身，一路脫下西裝、解開領帶、拉掉襯衫……好吧！乾脆狂野一點，我三步併作兩步把長褲也脫了，只剩下紅色三角內褲（真ＬＵＣＫＹ！早上還差點穿了白色的四角內褲，那多遜！），進門前又恍然警覺，把腳上一雙黑襪子脫掉，否則光著上身，只穿紅內褲卻又穿著襪子的樣子，未免太ㄘㄨㄛˊ了，等一下鐵定要好好表現，讓這個Alice欲仙欲死，從此對我上癮無法自拔……

大會議室裡一片漆黑，我輕輕推開門，看不見 Alice 藏在哪個角落，沒想到她平常一副正經樣，真要「花」起來卻那麼會搞神祕、裝情趣，我慢慢關上門，像叫小貓一樣輕喚：「A……」

「SURPRISE！」忽然燈光大亮！屋裡站滿了全公司的男女同事，一個個戴著彩帽，牆上還貼著生日快樂的亮晶晶標語，「HAPPY——」接下來應該是「BIRTHDAY」吧？但他們都怔住了，被我的「服裝」。

Alice 在最裡面，旁邊站的是我老婆。

30

# 影印鈔票

口述者：溫先生，41 歲，物業管理

他們兩個人喝了三天的咖啡。

我一直問我哥：他和那個女調查員，除了喝咖啡還做了什麼，我哥就是笑笑：「真的只有喝咖啡，像她那樣？我們還能幹嘛？」

這樣說真的有點殘忍，我哥比我大兩歲，但保養得好，看起來不到四十，那個女調查員應該是四十好幾了吧，魚尾紋、法令紋什麼都藏不住了，雖然臉孔身材都不算差，但應該不會是我哥的菜。

重點是：到底誰是誰的菜？

事情是這樣的：我哥和我（主要他出錢、我出力啦！）在逢甲夜市旁邊蓋了一棟樓、共一百間套房，專門租給學生，因為設備不錯、交通方便，而且也算便宜，有些年輕的上班族也來租，而且房租一次收一學期也就是半年份，老實說是很好賺，所以我哥就叫我辭掉保險公司那吃不飽、餓不死的工作，來幫他當房東管這些房子。

當房東固然有很多芝麻蒜皮的小事，但收入算高麻煩算少，本來我也做得滿樂的，直到稅捐處寄來了一張「大單」。

要我們補稅連罰金好幾百萬！他X的，不是說政府官員很無能嗎？怎麼對我們房租收入弄得一清二楚？後來我問房客，才知道稅捐處有人來，也不表明身分，還冒充想租房子的人，到處問這一棟共有幾間房、是不是都住滿、一間房租多少……一下子就被他們查得鉅細靡遺，當然和我們原先報的稅差很大，既然逃漏稅就要補，再加上巨額罰款，這下死定了！這半年的房租都白收了！還是大哥沉得住氣，叫我不用慌張，他去找「管道」看看。

找了幾天，「管道」不通，「白手套」來回報：本來有在收錢、可以商量的官員，不知為什麼不肯收錢了，堅持補稅罰款，一毛也不能少！

這下換大哥氣急敗壞了，我忽然想起有位大學時代同學的姐姐在調查局，也許可以……

「別鬧了！調查局是抓貪污的，你要我找人來抓自己呀？」我哥敲我的頭，我趕忙伸手護住。

「抓貪的自己也可能貪，那不就有管道了？」於是死馬當活馬醫，我給同學打電話。

他姐姐，也就是那位風韻猶存的女調查員，就和我哥約在SOGO旁一家咖啡店，喝了整整一下午的咖啡，第二天也去、第三天還去……到底發生了什麼事，我哥死也不肯講，但女調查員打通「管道」了，據我哥轉述她的說法：「稅捐處這個傢伙，你找人送他錢是沒錯的，他以前收得才兇呢！外面三棟別墅、兩個小老婆，有一個還幫他生了孩子，這個我們都查得清清楚楚，但他年底就要退休了，可能怕最後關頭出事，所以不肯再收錢了！」

我一聽就急了，那這下不就還是死定了？還好這女調查員夠意思：「沒關係！我叫他收，他有把柄在我手裡，諒他不敢不收！」我聽得下巴都快掉下來了，調查局不是抓貪污的嗎？怎麼非但不抓，還逼人家非貪污不可，「你們原先照行情是多少？一百萬？給他八十萬就行，看我的面子，他不敢囉唆的。」

要不是我哥講話實在，我一定當作他在吹牛，那麼省下來的二十萬，是不是就順理成章「孝敬」給那個女調查員呢？反正我們已經可以少交好幾百萬的稅了，而且連減少稅賦的方法都是稅捐處那人教我們報的，雖說是貪污，但「服務」還是滿到位的，難怪多年來他可以平平安安撈到那麼多油水……

「這樣還不行！」我哥說女調查員不但夠意思，而且想得夠遠，「我快調到別的縣市了，現在我逼他收你錢，只怕我走了以後他挾怨報復，再回來追你的稅……」老實說我也這麼擔心過，只是不敢開口問我哥，「這樣吧！你把要送他的八十萬現鈔全部影印，我叫他在影本上一張張簽名，這樣以後你就有他的把柄，他投鼠忌器，就算我不在這裡了，他也不敢對你怎樣的！」

這位女調查員實在是對我哥太「好」了，好到我難以相信他們那三天只喝咖啡而已——反正這不關我的事，我眼前的任務就是提著八十萬現金，到文具行一張一張的影印，到時候我哥去那人家送真錢時，順便請他也在這些「影印錢」上面簽名，那就萬事ＯＫ啦！

我心情愉快，一邊吹著口哨一邊操作影印機，文具行老闆忍不住了：「先生，你要印八十萬鈔票，只要拿一張千元鈔印八百份就好了，幹嘛一張一張印？太費時間了吧？」

我瞪他一眼：「鈔票每一張的號碼都不一樣，你懂不懂？」

他當然不懂，他根本不知道我影印鈔票是要幹嘛的。

31

# 婚紗事件

口述者：李先生，51 歲，婚紗店老闆

那個女孩來應徵的時候，我本來以為是想當攝影助理，或者只是坐櫃檯的，看起來瘦瘦小小，貌不驚人，也許是已經花了半年還找不到工作的大學新鮮人吧？

沒想到她已經三十一歲了，而且攝影經歷還滿豐富的，也得過兩、三個不太重要的獎；換句話說，她是來應徵攝影師的。

我們店裡原本有兩名正職的攝影師，都是男的，有時旺季生意太好，還得去找一些做 Part time 的，品質就比較難維持，但婚紗做的主要是口碑，否則一整條街都是，人家憑什麼要進你這間？我又不想削價競爭，如果請個女攝影師，說不定照片拍起來會更符合女生心中的浪漫形象，跟新娘也比較好溝通一點……

其實絕大多數的婚紗都是新娘要求拍的，新郎大都是只好配合，一不小心就會露出無可奈何或不耐煩的表情，想想也是，在不可能的地方，穿著不可能的衣服，做著不可能的姿勢——最典型就是男的手指遠方，女的兩手合十、一臉嚮往，這種照片除了結婚一兩個月內還能逼迫親戚跟訪客欣賞之外，大概就一直放著長灰塵了吧。

但我的手下都訓練有素，一邊拍一邊喊：「好，好極了。」「新娘真美。」「要不要再加幾個鏡頭？」「還有更棒的地方哦。」

新娘被灌迷湯，也有就不知不覺加拍了好多組的，搞的新郎又心疼又不敢明講，往往婚紗還沒拍完，兩個人已經吵得不可開交。也有直接鬧翻、連婚都不結了，照片也沒來拿——還好收了高額訂金，損失不太大，但這種狀況若多來幾次，老實說我這個老闆也受不了。

這個新來的女攝影師倒是很有一套，她不像別的男攝影師只會喊「老公臉偏右一點」、「老婆再笑開一點」，她都直接喊他們的名字，好像熟得不得了似的，有時跟新郎開玩笑，有時跟新娘講悄悄話，甚至有人想多拍幾組，她還會勸說這樣夠了，照片重質不重量，主要是留一個回憶……在旁邊「督軍」的我聽得一肚子火，這不是把該賺的錢往外推嗎？

但不久後，就證明她的口碑最好，許多新人都指名要她拍，說是既專業又親切，她的業績一下子衝到全店之冠，搞得原先兩個男攝影師臉上掛不住，甚至想辭職，還是我說好說歹才留住。

她大概是那種天生善於交際型，看錢也不會很重，有時候還買咖啡給新人，甚至拍攝中休息也一起去吃飯，據她的助理（也是個女的）說，有時她還掏腰包要請客，新郎自然不肯，但一定又多了幾分好感，甚至有一次收工太晚，她趕不上晚間的一場喜酒，那個新郎還專程開車載她去赴會。

老實說她拍的照片普普通通，沒什麼特別厲害之處，我看她最近完成的一組，新娘兩眼迷濛，像是漫畫裡的女孩，新郎倒是深情款款的看著鏡頭，但新郎應該和新娘對看才對吧？

整組照片翻完，我就覺得不知道哪裡不對勁，好像一對新人各有心事，女的心不在焉，男的另有所屬，那幹嘛結婚呢？不過這都是拍出來的假象，我看是這個女攝影師太重交際而輕忽專業，才會拍出這種不太專業的照片來，改天要好好跟她說一說……否則到時又發生沒人來拿照片的「慘劇」，那是要我賠還是她賠？

第二天新娘來了，卻沒見到新郎，我暗中覺得不妙，拿照片、結尾款應該是男生的事啊，怎麼不見蹤影？而且新娘一臉肅殺之氣，跟櫃檯說不到兩句話就吵起來了，我在裡面隔著玻璃門只看到新娘又急又氣，連眼淚都飆出來了，如果是嫌照片不好應該不會生氣成這樣，了不起重拍就是了；如果跟新郎真的鬧翻了，可能會在家裡哭、也沒道理跑到婚紗店來吵……這時新娘已開始抓起拍好的照片，一張張用力撕碎了，我再不出面也不行了！

我一邊搶回「寶貴」的照片，一邊堆著笑臉安慰新娘，詢問到底有什麼不滿，她氣得說不出話來，高跟鞋狠狠的踩了地上一張照片裡的新郎，就開門氣沖沖的走了，我被搞得一頭霧水，想去追人又覺得不妥，只好回頭問櫃檯小妹：「她是怎麼了？氣成這樣？」

「他們拍了一個禮拜的的婚紗，結果新郎看上那個女攝影師，兩個人決定在一起，就跟新娘悔婚了，難怪她那麼氣！」小妹說，「如果換作是我，可能會直接拿刀砍人吧！」

# 32

## 當街槍擊事件

口述者：Simon，39歲，咖啡店老闆

我把車開進巷子的停車位時，就發現事情不妙了。

我在SOGO旁邊開了一家小咖啡廳，撿一點百貨公司剩下的人潮，勉強混口飯吃。咖啡廳不難開，難的是每天上班要找停車位，我住得遠，臺中又沒有捷運，只能每天開車，而且百貨公司附近的停車場幾乎是天天爆滿，月租我又捨不得，只能每天上午花半小時左右在巷子裡繞來繞去找位子。

今天好不容易找到一個位子，正要倒車停入時，忽然聽到一聲強烈的煞車聲，還好沒有接下來的碰撞聲，原來是隔著精誠路，也就是我的咖啡店那邊的巷子，兩輛車差點撞在一起。

原來是一輛小黃停在巷口下客，一輛黑色賓士從大路轉進來，險險就撞上了，要不是進口車的煞車夠敏銳，這下兩輛車應該已經在Kiss了。

說起來當然是小黃不對，至少該開進去一點再下客，賓士車不高興的「叭——」了一聲，計程車司機不趕快把車開走，竟然還慢條斯理的收錢、找錢，還幫客人指路，賓士又「叭叭——」兩聲，小黃還是不動，反而亮了倒車燈，他不往前開反而要倒出來，那賓士豈不是也得倒車？可他後面是車來車往的大馬路耶！

以我多年來的人生經驗，知道這場架免不了，果然賓士的駕駛在瘋狂長聲的「叭～～～」之後，搖下車窗開始幹譙起來，計程車司機也從窗口伸出頭回嗆，因為距離稍遠，我聽不見他們說什麼，反正「相罵沒好嘴」，應該都是很難聽的話就是了。

相罵很難分輸贏，而且上班時間人群匆匆，並沒有人過來圍觀，我正在想要不要過去勸架，卻見計程車司機已打開後車廂，拿出一大根拐杖鎖出來，有要動武的意思了，而賓士車的車門也開了，走出來一個穿西裝、黑色套頭衫的中年人，頭髮還油亮油亮的，他不慌不忙，舉起右手對著司機。

忽然「砰！」的一聲巨響，我，包括附近所有的人應該都嚇了一跳，聽起來像槍聲，一看果然賓士男的手裡拿著一把手槍，槍管還在冒煙呢！兩輛車其實碰都沒碰到，有必要鬧到開槍的地步嗎？由於吵架的內容我沒聽到很難評斷，但現在情勢很明顯，計程車司機的大腿冒出大量的鮮血，人已經趴在地上了，「肇禍」的拐杖鎖掉在腳邊，他還在對賓士男講話，但應該已不是謾罵而是求饒了。

我很想過去勸賓士男得饒人處且饒人，但我可沒那個膽，稍稍退到自己車邊，靜觀情勢發展，也暗暗祈禱他不要再開槍了，旁邊就是我的咖啡店呀，打破玻璃什麼的還好，萬一流彈打到裡面上班的美眉可就大事不妙了！

還好賓士男很淡定的回到車上，車子一個矯捷的倒車，右轉，倏地一下消失在車流裡。

被打傷的司機腿上還流著血（如果是股動脈被打中，他應該會流血過多而死，這是我在「實習醫生」影集上看到的，但願不會），一邊艱難的往我咖啡店的方向爬，想要求救。

這時卻有一個人，扛著攝影機跑了過來，看LOGO應該是有線電視地方臺的記者，剛才不知在報導什麼，大概是聽見槍聲就跑過來，不知他有沒有拍到開槍過程或那輛賓士車，總之司機一邊吃力的在馬路上爬行，而肩上扛著攝影機的人就跟在後面一直拍。

我在車潮的縫隙中越過馬路，急著走到咖啡店想叫美眉們拉下鐵門，等事情過了再做生意比較保險。哪曉得不管內、外場的三個美眉都跑出咖啡店大門，看見一個人流著血在地上爬，一個攝影機跟在後面拍，居然興奮的一起拍著手說：

「哇！在拍電影呢！」

「對啊，好逼真哦！」

「那會不會拍到我們呢？」

救護車走了、攝影記者也走了之後，我嚴厲的訓斥了三個美眉：怎麼沒有一點危機意識？萬一被流彈打到怎麼辦？以後碰到這種事一定要馬上拉下鐵門，不等狀況解除千萬不要出去……

其中一個美眉一臉無辜的說：「那你是要我們見死不救嗎？」

一句話問得我無話可說，搖搖頭，算了。

# 33

## 那晚過後

口述者：蘇先生，36 歲，電視導演

我一直知道她是同性戀，直到……

我和她一起進入公司，被分配在同一個外景行腳節目，她是執行製作我是導演，年齡差不多，又算是「同梯」的，彼此會互相照應一下。她的能力很強，看起來就是年輕漂亮版的「王小棣」的樣子。

但這也就是老闆唯一對她不滿意的地方，經常在辦公室裡碎碎唸：「女孩子就要有女孩子的樣子，長得又不是不漂亮，身材又不是不好，幹嘛頭髮剪那麼短？一年到頭T恤加牛仔褲。妳偶爾穿一下短裙、穿一下洋裝會死啊？至少給我們這個硬邦邦的辦公室裡，多一點春天的氣息，大家說對不對？」

其他的男生沒人敢應聲，所謂「惹熊惹虎，不要惹到恰查某」，也只有老闆敢這樣虧她而已，她也不甩，偶爾在他背後故意比個中指，逗得大家偷偷一笑，知道辦公室裡有個「請勿打擾」的女同性戀，對我們這群小夥子來說，其實也減輕了不少壓力。

倒是我常常要為了節目先和她去勘景，有時候一出門就是兩三天，當然旅館是各住一間，偶爾要討論事情，都是到我房裡，她常常穿著史努比睡衣就跑過來，大刺刺的，實在是沒有一點女性風情，與其想跟她怎麼樣，不如等她回去了，再自己看成人頻道吧！

有一次是到一個鳥不生蛋的小鎮，好死不死只剩一個房間，又已經很晚了，只好情商和她共住一間，但是我睡沙發，她毫不猶豫的說ＯＫ，睡到半夜看我一百八十公分的身體在短短的沙發上輾轉難眠，還大方的拍拍床沿叫我過去睡，我像隻小狗般跳上床去，蜷曲在她旁邊，一夜不敢動。

後來我們再去勘景，乾脆就只訂一間房了，也好省些錢（我們製作費是打死固定的，不用報帳，但若支出超過了就要自己墊）。她若無其事，我也盡量若無其事，但如要洗澡我至少都會把長褲拿進浴室，不想穿條大內褲在她面前跑來跑去，好像想引誘她似的——何況又引誘不到！

她反而很大方，真的一點沒有把我當男性，有時睡熟了胸部均勻的起伏，有時半夜睡到史努比上衣翻起來，露出一雙雪白大腿，我都不敢亂來，心中一邊唸著「她愛的是女生」一邊唸著「現在找工作不容易」……天人交戰幾次，久了也就習慣了，有一次要我遞保養品到浴室給她，半片雪白的酥胸都被我看見了，我竟然已經不為所動，她也只瞪我一眼：「看三小！」

而意外總是在這種時候悄悄降臨：那一次去勘景的鄉公所陪同人員特別熱情，或許是偏僻地方難得有客人來吧，找到藉口了一群人大吃大喝唱了大半個晚上，我們兩個因為任務已了，特別輕鬆，不知不覺也喝High了（反正又不用自己付錢！），被人送回旅館時已經是一整個神智不清……

第二天醒來時……不誇張！完全是好萊塢電影的畫面，我們倆全身裸裎、肢體交纏，枕頭被單一片凌亂，地板上散落著我倆的衣服、褲子、內衣、襪子、毛巾……很明顯！發生事情了！

我不是一個逃避責任的人，雖然這件事也非我主動，但她畢竟是一個同性戀女生，竟然因為酒醉和我這個男生發生了關係，我這樣算不算是乘人之危？又算不算假藉職務……？總之我覺得辜負了許久以來她對我的信任，也對自己引以為傲的「節操」如此輕易破功覺得難過，爬起來坐在床邊，久久說不出話來。

她默默的起來了，怔了一下，大約也意識到出了什麼事，但仍俐落的穿好衣服，拍拍我的肩膀：「沒關係啦！」

怎麼變成她在安慰我了？反而她像個男子漢，我卻是個自私、怯懦……我默默起來穿上衣服，和她一起離開旅館。

之後我假藉家裡有事請了幾天假，就是不想在上班時碰到她太尷尬，但也不能一直逃避下去，終於不得不踏進辦公室了：眼前的她，已稍稍留長了頭髮，還挑染成俏皮的造型，又長又濃的睫毛，紅嘟嘟的嘴唇，一件白色黑點的蕾絲襯衫，下加一條紅色超短裙，長長的雙腿踩著一雙銀色高跟鞋……完全是百分百的女生模樣，看見我進來，還風情萬種的眨了一下眼睛。

最高興的就是老闆了：「對嘛！女孩子就應該這樣打扮！這樣多好看！大家的眼睛都可以吃冰淇淋，哈哈！」

天啊，我到底做了什麼？是我「改變」了她嗎？我快昏倒了……

34

# 遇見良家女

口述者：成先生，44 歲，大陸臺商

沒想到會被派到這種三線城市來出差。

在中國出差本來是好事，白天把事情辦完，晚上好玩的地方多得是，但我第一次來到這種偏僻的三線城市，講名字都沒有人聽過的，旅館設備差也就算了，什麼足浴的、按摩的、養生的，都只有簡陋的一兩家，更不要說是酒店或酒家了，連有人陪唱的KTV都沒有……眼巴巴，不，應該說乾巴巴地這樣度過了兩天，我忍不住問旅館櫃檯，有沒有「房間服務」（當然不是送餐打掃那種服務，另一種啦），他竟然很不好意思的說以前是有的，但上個月掃黃被抓了一次，他們現在是「重點監督單位」，絕不敢輕舉妄動，實在是非常抱歉。

我深深的歎了口氣，他欲言又止，最後還是叫住我，叫我到斜對面那家「準五星」的飯店看看，聽說他們後臺硬，旅館裡雖然不敢做，但是一樓咖啡廳的小姐都是可以「外賣」的。

我聞言大喜，三步併作兩步到了那間準五星飯店（還準五星呢，依我看三星還差不多，不過這已不是重點）的一樓咖啡廳，果然一屋子鶯鶯燕燕，大概三兩個女孩一桌，桌上也沒飲料，一看就知道是幹什麼的。男人們則散坐在靠門口的位子，對著女生那邊搖頭晃腦的看，看上了就手一指，那女生就笑盈盈的坐過來了，雙方打個招呼談好價錢，就可以如願帶出大門，「辦事」去了。

大部分濃妝豔抹的女生我不愛，尤其是這裡的化妝水平差，很多把臉搽得像是唱歌仔戲的，我左瞧右瞧才看到了一個薄施脂粉的，雖然年紀稍大些（可能近三十了），但看來純樸得多，老實說我最中意這種良家婦女型，當下喚她過來。

她還有點靦腆，走過來時小心翼翼的左顧右盼，好像為搶了姐妹們的生意而有點不好意思似的，這讓我更欣賞她了。

互相寒暄幾句，問了價錢，居然只要五百草紙⑦，看來三線城市有也「價廉」的好處，而「物美」與否就要驗證看看了，她說這間旅館不許做，我說我住那間也不許，那要去哪呢？她說可以去她家，離這裡不遠，我說怎麼去呢？打的⑧嗎？她說不用，她有車。

沒想到便宜價格還有高級服務，我高高興興的依她指示，在飯店門口等了五分多鐘，她來了，果然有車，是一輛腳踏車！

「上來呀！」她倒是自然又大方，我心想與其僵在這裡讓人家看笑話，不如趕快上車脫離現場，於是我坐上後座，她就用力踩動踏板，車子駛進了這個三流城市車不多、人也少的街道——幸好人不多，我這麼大塊頭又穿著襯衫西褲，讓一個小女人吃力的載著，說有多丟臉就有多丟臉，可是戲唱了一半也沒法收攤，只好假裝沒人

⑦臺商對人民幣的俗稱。
⑧搭計程車的意思。

在看我們，阿Q一下了。

大約過了一世紀，其實只有一刻鐘啦，她已經香汗淋漓了，領我進了一棟三合院的側房，要我先休息一下喝口水，她沖個澡就來。

「那……」她欲言又止，我叫她直說，她才低著頭說五百塊可不可以先給她收起來，不是信不過我，而是有些人……我揮揮手表示明白，從口袋裡拿五百人民幣給她。

我東摸西瞧，房間雖小，收拾得倒還乾淨整齊，確實像個良家婦女的閨房，只不知她為什麼做上這一行，應該有不為人知的苦衷，待會兒應該多疼惜她一點。

忽然她衣衫不整的衝了進來！「糟糕！我老公回來了！」我跳起來穿回已脫掉的外衣，「快！從後面走。」她慌張的領著我衝出房門，繞到屋後，轉進一條小巷。

「你從這裡直直走，就可以回到大街上了！」她匆匆推了我一把，轉身就走，我也加快腳步，沒幾下就穿過了巷子，但也已滿身大汗，看見巷口有一位老婦人正蹲著在剝花生殼。

「回來了吧？」她說第一句時我還沒聽清楚，「人家老公回來了吧？嘿嘿，每天都這樣演，好幾次囉！」

這下我聽明白了，當場差點氣昏過去，這……這也太人心險惡了吧！

# 35

## 妞妞的鋼管

口述者：Jason，43 歲，PUB 老闆

我眼睜睜看著警察把店裡那根鋼管鋸掉，拿走。

我原本就知道在臺灣開PUB不容易，尤其是在嘉義這種鳥地方。

基本上臺灣沒什麼真正喝酒的地方，要不是現炒海鮮以大魚大肉為主，就是酒家酒店以「粉味」為主，要找個「純喝酒」的地方還真不容易，這家PUB因為是自己家裡的房子，自己也愛喝兩杯，想說可以「以酒會友」，只要不賠錢就算不錯了。

哪曉得醉翁之意真的不在酒，開不到幾個月，就有人勸我搞個現場演唱，不然至少要有卡拉OK，否則每個月水電人事管銷這樣賠下去不是辦法，我正在左右為難，卻聽到最新情報：現在的PUB流行跳鋼管。

這個不難！桌椅往旁邊推，中間搭個小舞臺，立一根鋼管就行了，正在想要去哪裡找人跳，已經有女孩子來敲門，問有沒有需要跳鋼管的，我讓她們試了幾下，個個身手不凡，就開始找人畫海報、印傳單，「給他撩下去了。」

沒想到第一晚就大爆滿，來的客人比我開業到現在加起來還多，我真是後悔死了——後悔沒在開幕第一天就裝上鋼管。來的客人當然是以男性居多，一根粗粗的管子，一個個穿著暴露的女生在上面又爬又抓又舔，這性暗示也未免太強了，難怪大家看得目不轉睛。

精采的還在後面：小姐在舞臺上的鋼管上上下下差不多了，最後一趴就下臺了，開始坐在男客的身上磨蹭，一下把男生的臉貼在她胸部，一下子像騎馬般在男生腿上放浪奔馳，一屋子的人大聲呼喝叫好，「享受」到的男生當然得趕快掏出鈔票來給小費，至少也是兩、三百，有的大方給五百。有的不小心抽出一千來，馬上被小姐一手抓走，直接塞到亮晶晶的胸罩裡面去。

有「興趣」的人紛紛把鈔票抓在手裡，小姐也就一個換一個「解決」，反正只是乾過癮大家開心就好，有些看得口乾舌燥的就又再點酒，我收錢收得收銀機都快放不下了，心想這樣下去，不到一年我也許就可以再開第二家分店了。

可惜好景不常，既然跳鋼管的PUB受歡迎，大家紛紛跟進，生意倒沒受到多大影響，但無聊的周刊來偷拍了，然後報紙也跟著把小姐和客人磨蹭的照片都登出來，說我們傷風敗俗，再加上電視媒體一跟進，頓時全臺灣都知道嘉義的鋼管PUB這麼夯，連特地從臺中或高雄跑來的客人都有。

但警察也來了，先是在表演中途進來臨檢，一個個看身分證大大掃興，接下來乾脆每家跳鋼管的PUB都派人站崗，很多客人一看到門口有警察，就根本不進來了。雖然大家自認沒有違法，還是照跳不誤，但是客人少多了，小姐賺的小費也大大減少（我們不付表演費給她們，她們的小費自己全拿），大家都覺得無精打采，警察局卻傳來最後通牒：每家PUB的鋼管都要拿掉，不然每天開罰單開到你倒閉為止，真他X的夠狠夠絕，簡直是判我們死刑了嘛！

店裡又恢復了剛開業時的冷清，我望著少了鋼管的舞臺發呆，心中猶豫要不要乾脆把店關掉算了，忽然接到一個跳鋼管的女生叫「妞妞」的LINE：「老闆要不要跳鋼管？」

「鋼管都被警察拆了怎麼跳？」

「我有辦法，反正你幫我叩客，晚上過來跳。」

「真的嗎？妳確定？」

「你不用管，等我來就對了。」

我半信半疑的去貼海報、發傳單，還打了好幾通熟客的電話，大家也半信半疑的來了。

「叮咚」——是妞妞的LINE：「老闆我在門口，來接一下。」

我火速衝出門一看，一輛摩托車噗噗噗的開過來，妞妞坐在後座，穿著BLING BLING的表演裝，肩膀上扛著一根大約三公尺長的鋼管，「你沒有鋼管，我自己帶，怎麼樣？」

我趕忙接過她手上的鋼管，走進ＰＵＢ，「妞妞我愛死妳了！」

店裡傳來盛大的歡呼和鼓掌聲。

「天下無難事，只怕有心人。」是這樣說的沒錯吧？

36

# 小確幸典禮

口述者：菲菲，34歲，OL

雖然來過這家婚宴餐廳很多次了，還是覺得怪怪的。

會場沒有太多布置，應該也沒有必要花這個錢，不過還是有長長的桌子和兩本簽到簿，而且每個人非簽不可，禮金則不用送——這應該是難得的好事，但賓客們包括我都沒有特別高興，我還拿出請帖確認了一下，果然是說準時簽到但不必包禮金。

不過搞成這樣，諒他們兩

個也不敢收錢才對。

陸陸續續很快坐滿了，大概是因為不必包錢，大家也就不敢有恃無恐，怕晚來了真的沒得吃。桌位沒有特別安排，反正一桌十二個坐滿為止，大家也頗自動自發的，以第一次參加這種場合來說，表現算是不錯。

開始上菜了，因為期待不高，也就不覺得失望，反正是白吃一頓嘛，禮堂的講臺上除了一具麥克風，也是空蕩蕩的，後面牆上不斷播放著一些照片，從他們小時候到唸書到入社會工作……還有一些美得不切實際的婚紗照，然後大概是兩人在新家的照片，還有一些出遊的照片，看起來頗為甜蜜，完全不覺得有一天會搞成需要把大家聚在一起的尷尬場面。

因為菜量也不太多，大家風捲殘雲的吃著，幾乎沒注意到有位老人家悄悄上了臺，不知是麥克風音量小，還是他沒什麼力氣，我坐的又遠，隱約聽到他在說新郎、新娘的好話，當然是很言不由衷的，之後又解釋什麼合不合的，聲音越來越小……最後好像還跟大家致歉什麼的，那有什麼用？再說他是證婚人也不是介紹人，應該不用負什麼責任吧。

主婚人沒看到，倒是新郎新娘上場了，沒穿華麗的禮服，臉上堆著假笑，起初還互相謙讓了一番，最後還是新娘先開口，說她怎麼認識對方怎麼一見鍾情當初受了大家很多的祝福她也很嚮往幸福的婚姻，沒想到會弄成這樣……說著說著竟然哭了起來，新郎慌張的掏口袋掏不出東西，臺下有人好心送了面紙上去，新娘一邊拭淚一邊擠出笑容，希望大家能夠了解、理解、諒解，但她絕對沒把婚姻當兒戲，是這條路實在走不下去了。

把麥克風塞給新郎，她就一路狂奔下臺直到消失，想來真的太傷心了。新郎倒還強作鎮定，承認這場典禮是他的主意，他覺得天下事有聚有散有離有合，沒道理在一起時驚天動地搞得大家雞飛狗跳（形容詞用得不太好！），不在一起時卻默不吭聲讓大家不明狀況，甚至可能產生很多誤會，例如改天看見他跟某位美眉逛街就誤以為是他出軌，還跑去打小報告或對他人格有所誤會，那豈不是太冤枉？

大家忍不住笑了，才讓現場的氣氛變得不那麼僵，他又接著說當初是跟大家分享喜悅、接受祝福，現在則是報告實情、爭取諒解，他要鄭重宣示兩人都沒有違背婚姻的行為（也就是說，至少都還沒出軌），也不是個性多麼不合（否則當初幹嘛在一起？），就是發現彼此都不適合婚姻的束縛，想念單身時的海闊天空，因此很理性平和的決定分手。

「但也不能偷偷摸摸的就分了，把大家蒙在鼓裡，何況當初接受了大家的祝福和賀禮，也不能就不明不白的算了，所以辦這場離婚典禮請大家再聚一堂，剛剛證婚人跟各位說明、道歉過了，我的新娘……呃，前妻也跟各位表白了，最後我呢，就是深深的跟大家道歉（鞠躬五秒鐘）。沒把這個婚姻弄好，辜負了大家當年參加我們婚禮的盛情，所以今天除了免費請大家吃上一頓，凡是簽了名的，等一下離場時請記得領紅包，當年你包多少，今天就領多少回來，一毛不少，至於利息嘛，就請各位別計較了，好歹我們兩個也苦了這些日子……」這下又說得大家哈哈大笑，已經吃完的紛紛起身，半信半疑又喜出望外的要領回當年包的紅包。

我匆匆喝完最後的甜湯，趕緊加入排隊領錢的人龍，心想這種別開生面的離婚典禮若是多加推廣，甚至成為一種制度或習慣，那一定會成為許多人生活中的小確幸吧！

37

# 機場打耳光

口述者：小劉，47 歲，國際領隊

這年頭男人帶老婆出國很平常，帶情婦出國也不稀奇——只是風險較大，我一位海關的朋友說，幾乎天天可以在機場看見「呼巴掌」的畫面，也就是老公帶著小三出國，回國時在海關「人贓俱獲」，老婆當場打臉小三的場景——奇怪的是從來沒有打老公的。

比較罕見的，則是把大老婆和小三一起帶出國，還參加同一個旅行團，而且神不知鬼不覺——除了區區領隊在下我。這個年近四十（看來三十出頭，如今醫美神技瞞天過海，但護照上的日期不會造假）的妖嬌女性從報名就堅持自住一間，而且說明會也不出現，訂金、旅費都是別人代繳，我就知道有鬼。

但沒想到「鬼」是我熟悉的汪總，我帶過他好幾個高爾夫球團，反正大魚大肉，打完十八洞後打十九洞，這些大家都心照不宣，安排得好小費就給得特多，我食髓知味，所以他要報名我帶的這個泰國團時，我不疑有「她」，不料還真有「她」。

我了解真相之後頗為緊張，畢竟那些只帶小三出國的，領隊可以裝不知道、或真不知道——護照上又沒有配偶欄，但像汪總這樣，帶著太太同房，卻又夾帶小三自住一間的，風險實在不小，萬一鬧起來壞了旅行社名聲，也會影響以後我的出團機會，問題是只有客人拒絕我們，哪有我們拒絕客人？我們是服務業耶！再看在汪總一見面就塞了兩百美金給我的份上，這個忙我是義不容辭的。

好在他們夫妻早已貌合神離（像這種有錢又愛玩的，有幾對不是呢？）只有搭飛機和吃飯不得不坐一起，房間不得不同房，平常在景區各走各的，老婆反正會自拍，也馬上認識了團體裡幾個「貴婦」型的姐妹淘，妳拍我我拍妳，或者一起自拍一起修圖，玩得不亦樂乎，往往要上了車才注意到老公在身邊。

而那位小三則「孤僻」得很，不太與人交往，自己坐、自己走，偶爾自己拍張照，神情看來有點落寞，也沒人理她。

只有我了解她的重要性，一路殷勤照拂，噓寒問暖，還被人在背後嘲笑打單身女郎的主意，唉，他們哪知道我的苦衷？

終於自費活動的時間到了，騎大象、鱷魚園、人妖秀、成人秀……汪總一概不參加，因為「以前來時早看過了」，但很鼓勵老婆去看，因為「很值得，去開眼界也好」。老婆也在幾位姐妹淘慫恿下，每樣都報了名。

眼見大家反應良好，我當然開心，這可是領隊的主要收入來源，但對那位小三我故意跳過不問，免得有人發現她統統不參加。

以下的劇情就不用我多說了，每次只要大隊人馬要出發去「自費活動」回來，總看到汪總已經神清氣爽的在旅館酒吧喝酒，有時還帶一本《心靈雞湯》在看，見到我就咧嘴一笑，握個手就塞一百美金過來，所謂「人無橫財不富」，值得啦！

於是我加緊工夫，跟太太和姐妹淘們吹噓哪裡的夜景如何之美，哪裡的夜市熱鬧非凡，我可以義務帶她們去逛，她們果然大樂，紛紛「中計」，汪總自然是「樂觀其成」，而小三得到消息，早已「盛裝」在自己房內等候。

最後一天是自由 Shopping 時間，我更是使盡渾身解數，帶她們跑遍所有可買名牌的地方，身上也幫忙提著大包小包，但絲毫不以為苦。以今天幫汪總爭取到這麼長的時間來說，「賞金」必定少不了，而明天也就要完成「任務」回臺灣去了。

不幸的事發生在機場，大老婆和幾個貴婦嘰喳了幾天，開始說長道短，懷疑小三一個人來玩的動機可疑，而且又不熱衷旅遊，顯然另有所圖……最後打聽到我這裡之後，為了保護汪總，我只好「犧牲」承認小三是我偷帶的女友，請她們高抬貴手別讓公司知道，她們為自己的真知灼見大樂，自然不會與我計較。

入境桃園機場時，我故意和小三走在一起，汪總對我投來感激的一瞥，我乾脆就摟著她，她也很配合地依偎著我……直到走出大門，從來不接機的我老婆，竟然站在我面前，由滿臉的笑容轉為怒容，接下來應該是——

「啪！」的一聲。

# 38

# 另一種報恩

口述者：黃小姐，47 歲，會計

孟老闆是個重情重義的人，也是個傻瓜。

當年陶先生被關的時候，沒有一個人敢去看他。

他在臺灣無親無故，但在文化界也算是一方之霸，追隨、簇擁他的人不在少數，雖然沒有自成一派，但也頗具影響力，很多人私下以「陶幫」稱之，但陶先生一成了政治犯，「陶幫」成了「逃幫」，竟然沒有一個人敢去看守所探望陶先生，更不要說發言聲援了。

只有孟老闆，他只不過經營一家書店，喜歡讀陶先生的書而已，兩人也僅有數面之緣。但自從陶先生被捕之後，他每週都去跟他「面會」⑨，不但帶許多吃的東西、也帶了不少書。別家書店紛紛把陶先生的書搬下來時，孟老闆反而開了大大的陶先生專櫃，在許多人看來，簡直是不要命了。

我也婉轉的勸過孟老闆幾次，例如陶先生的書既未查禁，當然還可以賣，但似乎不必這樣大張旗鼓、引人注目；而他也不用如此頻繁的去看陶先生，更何況兩人非親非故的，他還得打通不少關節才能進入獄中相見，難道不怕被情治人員懷疑而惹禍上身嗎？畢竟還在戒嚴時代。

孟老闆說別人怕，我也怕；但別人不理他，我可不能不理他，這是正義的最後一道防線，如果我不去看陶先生，就等於承認政府硬加給他的叛國罪，我就等於是幫兇……當烈士我不夠格，但我至少可以不當幫凶。

一席話說得我啞口無言，於是從看守所到監獄再到管訓隊，孟老闆對陶先生可以說是不離不棄、無怨無悔的付出與照顧，有時我會聽到書店的客人耳語：

「這家書店就是孟某某開的吧？」

「了不起，這種人我們一定要支持！」於是買了一大疊書才離開。

可惜這種客人並不多，書店的營運每況愈下，原本可以出版一些書，現在也被禁止了（上面說書店不是出版社、不能獨立出書，但以前我們出書都沒事，顯然還是因為陶先生的事來找麻煩！），孟老闆每天忙著調頭寸、籌資金……結果還是擋不住書店倒閉的命運，不但房子被扣押，自己還欠了好幾百萬的債。

那時候幾百萬可不是小數目，我看他的頭髮幾乎一下子都全白了，這時傳來陶先生經過兩次大赦（死了兩個壓迫他的領袖，讓他得以提前獲得自由，還真諷刺！）已經放出來的消息，不等孟老闆去看他，他就自己上門到書店來了。

那時已經很晚了，書店的鐵捲門拉下一半，我正在整理滿地要退給出版社的書，看見他們兩人緊緊擁抱，感覺真的是生死之交，害得我眼眶也濕了。

孟老闆不斷搖頭歎氣，自稱沒想到人生會走到這一步。陶先生倒沒什麼安慰他，

⑨臺語，會面之意。

睿智的兩眼發著光，問：「你不是還收藏不少值錢的骨董字畫嗎？」

孟老闆一怔，大概沒想到坐牢多年的陶先生，消息還這麼靈通，「是呀！可是就算全拿出來也不夠還債……」

「什麼拿出來？要藏起來！這是你僅存的資本了，將來東山再起還要靠它們呢，怎麼可以拿去還債！」陶先生說的……也有道理。

「可是……要藏哪裡呢？很多人都知道我有……」

「傻瓜，你就做個假買賣，把這些古董字畫都賣給我，我的東西你的債主就動不了，將來等事過境遷了我再還給你……」聽起來像是不錯的主意，假買賣的文件容易做，但孟老闆必須對陶先生充分信任，「老孟，咱們倆十幾年兄弟，你信不信得過我？」

孟老闆點點頭，囑咐我做買賣記錄、文件，不到兩小時，他畢生珍藏的古董字畫都變成陶先生的，聽說第二天一早，陶先生就派車到孟老闆家把東西都載走了。

而且再也沒有還給他。

多年後孟老闆幾次帶著我去要，陶先生居然說：「你看看文件！這些東西是我花大錢跟你買的，幹嘛無緣無故給你？你想要，行呀！拿錢來，照行情……就原價加倍賣給你吧！」一副流氓口吻，連我都忍不住想扁他。

孟老闆悔恨交加，落魄以終，世界上還知道這件事的人，就剩下我一個了。

# 39

# 看子彈亂飛

口述者：張排長，24 歲，義務役軍官

旅長召見我的時候，我的雙腿忍不住一直發抖。

其實我是本旅的「明星排長」，各種測驗、競賽無役不與，也屢屢奪魁，榮譽假多得放不完……本該信心滿滿的我，這次會那麼ㄘㄨㄚˋ是因為旅長要我成立一個「五〇機槍訓練班」。

這是指揮官的命令，各旅都要成立，最後大家還要比賽，問題是打飛機專用的五〇機槍我只有看過，連摸都沒摸過，現在卻從部隊裡挑了十個人出來，要我用一個月教會他們打五〇機槍，還要跟別人比賽，我真懷疑旅長是不是自己書讀太少了，就誤以為我這個臺大畢業的什麼都會？

倒是連長安慰我別擔心，他知道部隊裡有一位班長學過五〇機槍（而且是唯一的一位！天佑吾也），我自己只要看書惡補一下，到時候我講他做，來學的士兵反正本來就不懂，也不會懷疑你，裝模作樣教一教，到時候去打幾槍就完了……反正我們步兵預備師，本來就沒幾個人懂五〇機槍，天下烏鴉一般黑，怕什麼？

我還是很怕，熬一整夜讀資料，寫海報（教案），第二天就帶著十個愣頭愣腦的阿兵哥「特訓」去了。還好那個班長真的懂五〇機槍，不但會操作，分解結合也做得來，我站在樹蔭下照本宣科，他照自己的記憶隨性操作，士兵有樣學樣、沒樣自己想，從遠遠看來，我們這個特訓班還挺有模有樣的。

但必須要從相當遠看過來：有一次旅長閒來沒事，跑來看我們出操，結果阿兵哥們不是沒開保險就先扣板機，就是分解了機槍之後裝不回去，把那位班長氣得當場怒罵，我因為心虛不敢多言，旅長苦笑說沒關係慢慢練習就好，以後就識相地再也不來看我們了。

問題是醜媳婦總要見公婆，「鬼混」了三個禮拜之後，終於到了實彈射擊的日子。我帶著一班人大聲唱歌答數（其實是給自己壯膽），到了靶場，靶子設在一面山壁前，兩層樓高的山壁上則是農民種的芒果，然後我們就開始「左線預備」、「右線預備」、「全線預備」（其實只有一把槍，大家必須輪流打，根本沒什麼左線、右線和全線，但書上沒寫，我只能照步槍打靶的方式喊）。

「開始射擊！」

乒乒乒乓，槍是打響了，但是五〇機槍的後座力很大，一開槍之後整支槍就往上翹，如果不用力壓住，甚至會翹到四十五度以上（打飛機倒是剛好，但我們的靶是在地面上），有人連下巴都被撞到瘀青，十個人輪流乒乒乒乓一陣子之後，靶上仍然「完美」的一個彈孔都沒有，倒是山壁上的芒果樹，陸陸續續掉下了很多芒果……都是我們的槍「往上翹」的功勞，我一看狀況不對，趕快叫班長鳴金收兵，一班人不再唱歌答數，簡直像逃難一樣迅速離開了現場。

不是我膽小不敢面對現實，而是顧慮到軍民關係——去年步槍打靶，明明四周都有放哨不許旁人進入，結果還是有一顆子彈不打靶卻打死人家的水牛，營隊只好花錢向農民買了這頭水牛，而全營也就吃了整整半個月的水牛肉——你知道水牛肉有多硬、多乾、多難吃嗎？

最後比賽的日子終於到了，八個旅的「五〇機槍特訓班」集合在屏東里港，大家一字排開各自架好五〇機槍，然後就有遙控飛機（俗稱靶機）拖著靶飛過，看你打不打得到。

果然天下烏鴉一般黑，每支槍幾乎都是開火之後就四處亂翹，子彈乒乒乓乓都不知飛到哪裡去了，我心中暗自慶幸，最後輪到我們了，當然也是咬牙閉眼乒乒乓乓一陣打，結果還是沒打到靶，卻把那隻靶機給打了下來，一陣火花迸裂成碎片紛紛掉落地面……好在我們是最後一隊射擊的，要不然這場「五〇機槍特訓班成果驗收」的大戲不知要怎樣唱下去。

最後結果，我們這個旅得了冠軍（雖未中靶，好歹有打到東西），旅長大樂，放我榮譽假三天，慚愧呀慚愧。

40

# 意外的結局

口述者：Mark，50 歲，企業主管

我的理專長得很漂亮。

據我的猜想，所謂「理財專員」應該都是那家銀行最漂亮的吧！

因為她們都是搖錢樹，專門幫銀行賣各種高利（所謂高利，是指銀行得的利）衍生性商品，其實就是Sales吧！叫理專好像是專門幫你賺錢的，聽起來很專業，其實主要在幫你花錢。

對這些幾百萬的小錢我是無所謂的，放在那邊不動也只有定存的一些死利息，買什麼基金債券的有賺有賠，到頭來也差不了多少，但理專為了向你推銷產品，不是呆坐在銀行櫃檯內，她們可以出來到客戶的公司、到外面咖啡店，甚至一起吃飯也不排斥。

所以我比較空閒的時候，就會打電話給我的理專Sophia，問她有什麼新產品，她要我過去銀行我說沒那麼多時間，她說要e資料給我我說看不懂，還是約在公司附近某某飯店一樓的咖啡廳，每次她都沒多久就來了，一臉春花燦爛的笑。

握手寒暄點完飲料之後，她就口若懸河的介紹產品，我則盯著她的滿頭秀髮、漂亮容顏，還有制服領口的釦子……心思早飛走了，根本沒聽進去她的半句話。

時間差不多了我就推說有事要回公司，產品的資料給我回去再考慮考慮（其實回到公司就直接丟垃圾桶了），她也不介意，仍然笑得美美的跟我道別，扭著細細的腰往外走。

不過每隔三五次我會跟她買一項產品，通常都買最低額度，大約美金十萬，而且是低風險的，就當作換另一個地方定存好了——但畢竟是她的業績呀，笑得更開心了。

後來這一切戛然而止——只怪我多事，有一次見面看她笑容有異，追問之下原來她結婚了（當然我也早就結婚了，但那是另一回事），而且老公是個職業軍人，不知是因為自卑還是壞脾氣，常常用言語霸凌她，尤其是譏諷她生張熟魏、到處「陪客」，什麼難聽的話都說得出來，讓她實在忍無可忍。但老公一無犯法二不偷人，想離婚也離不掉，有時不上班還會偷偷跟蹤她，總之是不信任她，常常吵著要她辭職，讓她痛苦不已，又無處傾訴，只能默默向上天禱告。

這本來是我乘虛而入的好機會，但我一、不招惹已婚女性；二、也忌憚這種火爆老公，何況像這樣乘人之危算什麼好漢？既然沒有搞頭，後來我就沒再主動聯絡她了。

她大概也明白，兩次打電話來只為了處理我買的產品，而且電話裡就處理好了，錢匯過來，賠了一些，算不了什麼，就當作和漂亮美眉喝咖啡的額外負擔吧！

過了許久，她忽然打電話來，約我老地方喝咖啡。

也沒說要賣什麼給我，難道只是單純想念「老友」，還是她已經離婚了，我們可以開始「發展」……我正心猿意馬的想著，看見她穿了一件紅色洋裝走進來，比過去穿的制服裝要醒目多了，臉上的笑容也更燦爛，簡直像在天空放煙火……

坐定後我問她近來好嗎？她說已經辭職離開公司了。

「怎麼會？」我大吃一驚，她的銀行算是金飯碗，很多人擠破頭進不去的。

「你知道不久前那場空難嗎？」她問，我茫然的點點頭。

「我老公在上面……」我驚訝的張大了嘴巴，聽她繼續說：「我的禱告終於應驗了！他終於離開我了！而且……而且航空公司賠了很多錢，我一輩子都沒想過自己會有那麼多錢！」

「那……很不錯（本想說很好，又覺不太妥）啊！不過妳也不必辭職啊，妳不是還滿喜歡這個工作的？」

「問題是我心裡高興死了，可是每天上班還要裝得愁眉苦臉，還要不斷接受大家的慰問、打氣，我還得裝模作樣的眼眶含淚、聲音哽咽……我總不能放聲大笑吧！實在太難過了，想來想去，還是辭職比較快活，反正從今以後也不怕沒錢了。」

我到底該跟她說「恭喜」，還是問她晚上有沒有空去喝酒呢？

苦苓作品集 5

# 請勿對號入座

作　　者—苦苓
主　　編—陳信宏
責任編輯—尹蘊雯
責任企畫—曾睦涵
美術設計—Finn
總 編 輯—李采洪
董 事 長—趙政岷
出 版 者—時報文化出版企業股份有限公司
一〇八〇一九　臺北市和平西路三段二四〇號三樓
發行專線—（〇二）二三〇六—六八四二
讀者服務專線—〇八〇〇—二三一—七〇五・（〇二）二三〇四—七一〇三
讀者服務傳真—（〇二）二三〇四—六八五八
郵撥—一九三四—四七二四　時報文化出版公司
信箱—一〇八九九臺北華江橋郵局第九九信箱
時報悅讀網—http://www.readingtimes.com.tw
讀者服務信箱—newlife@readingtimes.com.tw
時報出版愛讀書者粉絲團—http://www.facebook.com/readingtimes.2
法律顧問—理律法律事務所　陳長文律師、李念祖律師
印　　刷—勁達印刷有限公司
初版一刷—二〇一五年九月十八日
初版十刷—二〇二三年五月五日
定　　價—新臺幣二六〇元

時報文化出版公司成立於一九七五年，
並於一九九九年股票上櫃公開發行，於二〇〇八年脫離中時集團非屬旺中，
以「尊重智慧與創意的文化事業」為信念。



請勿對號入座／苦苓 著；
-- 初版. -- 臺北市：時報文化，2015.09
面；　公分. -- (苦苓作品集；05)

ISBN 978-957-13-6362-2(平裝)

857.63　　104015378

ISBN 978-957-13-6362-2
Printed in Taiwan

# 歡迎對號入座

**猜對本書中哪幾篇的主角是苦苓，**
**就有機會免費與苦苓伉儷共進下午茶！**

## 活動辦法

01 即日起至**2015年11月30日（以郵戳為憑）**，填妥資料與答案，寄回活動回函，答對者即有機會與苦苓伉儷共進下午茶！（限額12名）

02 得獎者名單於**2015年12月11日**同步公布在時報悅讀網（www.readingtimes.com.tw）、時報出版愛讀者粉絲團（www.facebook.com/readingtimes.2）。

03 下午茶舉辦之地點、時間將個別通知得獎者。

04 洽詢電話：（02）2306-6600 分機8330，曾小姐。

於活動期間填妥回函詳細資料並寄回時報出版（免郵票），
即可參加抽獎。

《請勿對號入座》抽獎小組 收

讀者服務專線：（02）2304-7103
108019台北市萬華區和平西路三段240號3樓

**時報文化出版企業股份有限公司**

| 廣 告 回 信 |
|---|
| 台北郵局登記證 |
| 台 北 廣 字 |

第 2 2 1 8 號

請沿虛線撕下黏貼，謝謝！

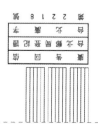

# 猜猜看！

## 本書中哪幾篇的故事主角，其實是苦苓？

（苦苓小提示：1.看年紀 2.看作風 3.看自己的智慧）。

請寫下篇章編號：

看完本書，我想問苦苓：

讀者資料：(請務必完整填寫，以便聯絡獲選贈獎事宜)

姓名：________________ □先生 □小姐

聯絡電話：(H)________________ (M)________________

地址：□□□________________________

E-mail：________________________

注意事項：

1. 以上資料僅供活動抽獎及通知使用，請務必填寫正確。本社對於個人資料絕對保密。
2. 基本資料若填寫不完整，導致無法聯絡中獎資格，時報出版概不負責。
3. 實際活動內容以時報悅讀網公告為主。時報出版擁有更改或中止活動之權利。